Krimi Bergisches Land

rga. Buchverlag

Wolfgang Voosen, 1946 in Lüneburg geboren, studierte Jura in Bonn und Hamburg. Vor seinem Ruhestand bekleidete er bei der Barmenia-Versicherung in Wuppertal mehrere Führungspositionen, zuletzt als Leiter der Konzern-Rechtsabteilung und Geldwäschebeauftragter. Noch heute ist er weiterhin als Dozent für Rechts- und Wirtschaftskunde tätig.
Verheiratet seit 1972, Vater von zwei Kindern, widmet er sich seit 2005 erfolgreich der Bildhauerei mit Ausstellungen im In- und Ausland. Seit 2006 schreibt er Kurzgeschichten und Gedichte (u.a. Preisträger beim Literaturwettbewerb „Wege der Liebe“). Seit 2008 ist er Mitglied in der Literaturwerkstatt von Christiane Gibiec. Im Jahre 2009 veröffentlichte er seinen ersten Roman „Grenzenlos“.

Gavri-El

גַבְּרִיאֵל

Gott ist mein Held

Gabriels Wohnung,
Donnerstag, 7. Mai, 6.30 Uhr

„Gott, mein Herr und Gebieter! Endlich hast du mich erhört. Gezweifelt habe ich nie an dir! Aber Einsamkeit hat mich umhüllt in der Zeit deines langen Schweigens. Sie ist vorbei. Ich warte auf dein Wort. Hinzugehen und zu vollenden, wozu du mich auserwählt hast. Mich, deinen treuen Diener!“

Es war ein Dankgebet, das Gabriel im Antlitz des gekreuzigten Sohn Gottes gen Himmel sandte. Jesus hing am Kreuz über dem Altar, den Gabriel sich am Ende des langen Flurs errichtet hatte. Täglich kniete er vor dem Altar nieder. Den Tag ohne ein Gebet hier kniend zu beginnen, war ihm unvorstellbar.

In den beiden Nächten zuvor hatte Gabriel wach gelegen, kaum ein Auge zu getan. Morgens fühlte er sich müde und kaputt. In seinem Kopf nur Leere. Ausgelaugt. Verstoßen. Es waren die Zweifel, die ihn nicht zur Ruhe kommen ließen. Die Zweifel an Gott, seinem Herrn. Die Zweifel an sich selbst. Die Zweifel, ob Gott ihn erlösen werde. Immer wieder hatte er ihn angefleht, er möge ihm ein Zeichen senden. Und jetzt endlich hatte Gott des Nachts zu ihm gesprochen, wie Jehova einst zu Jakob: „Fürchte dich nicht, denn ich habe dich erlöst; ich habe dich bei deinem Namen gerufen, du bist mein.“ Und dann hatte er ihm im Traum das Zeichen gesandt: Schwefel und Feuer regneten auf die Stadt herab. Und aus den Trümmern, aus Schutt und Asche, entfaltete sich die weiße Lilie. Shushan - die Blume des Todes, die Blume der Reinheit, die Blume der Unschuld.

„Gott, mein Herr und Gebieter. Du hast mir endlich gesandt

das Zeichen, auf das ich so lange schon gewartet: Die Lilie inmitten der Dornen. Die Unschuld erwächst aus den Trümmern. Ich werde tun, was du mir geheißen hast. Auch wenn Sodom untergehen wird, sollen Lots Töchter auferstehen. Ihre Sünden werden durch den Tod gesühnt, auf dass sie ihre Unschuld wieder erlangen."

Gabriel nahm das Faustmesser, das - einer Hostie gleich - auf einem dunkelroten Samtkissen in der Mitte des Altars lag, in beide Hände. Er hob es in Richtung des Gekreuzigten, schloss seine Augen und berührte es mit seinen Lippen.

‚Focus-Versicherungs-AG',
Freitag, 8. Mai, 16.20 Uhr

„Ciao, Markus", verabschiedete sich Niko von seinem Kollegen, mit dem er das Büro teilte. „Für mich ist heute Schluss, sonst komm ich noch zu spät. Muss auf jeden Fall noch duschen!"
„Geht klar. Länger als eine halbe Stunde bleib ich auch nicht mehr. Viel Glück, toi-toi-toi. Vielleicht klappt´s ja und du lernst endlich mal jemanden kennen", entgegnete Markus. „Und steh deinen Mann, wenn´s Ernst wird!"
„Worauf du dich verlassen kannst! Da mach dir mal keine Sorgen um mein Steh-auf-Männchen. Allzeit bereit!" Niko war eher zurückhaltend, wenn es darum ging, jemanden kennen zu lernen. Wenn im Freundeskreis allerdings das ‚Thema Frauen' angeschnitten wurde, hielt auch er sich mit Macho-Sprüchen nicht zurück.
„Dann bis morgen beim Frühstück ... vielleicht ja zu dritt!"

Niko und Markus hatten nach dem Abitur bei ihrem jetzigen Arbeitgeber, einem großen Versicherungskonzern, in der Hauptverwaltung in München ein Trainee-Programm durchlaufen und waren zeitgleich vor knapp drei Monaten für einen begrenzten Zeitraum in die Filialdirektion nach Wuppertal versetzt worden. Sie bewohnten für diese Zeit gemeinsam eine kleine firmeneigene Wohnung in der Ziegenburg 3, unterhalb der Hardt gelegen, ganz in der Nähe ihres Arbeitsplatzes. Markus Huber war zuständig für eine geplante Umstrukturierung und Niko Altmann sollte den Außendienst der in Nordrhein-Westfalen gelegenen Außenstellen für etliche neu eingeführte Sachversicherungs-Produkte schulen.

Er beeilte sich, obwohl ihm bis sieben Uhr eigentlich ausreichend Zeit blieb. Aber er war - wie vor jedem Treffen - ein wenig aufgeregt. Mit seinen 1,80 Meter, seinem muskulösen, durchtrainierten Körper und seiner freundlichen Art, mit der er anderen begegnete, galt er bei seinen Freunden als der ‚nette Schwiegersohn von nebenan'. Im Winter fuhr er Ski und im Sommer segelte er regelmäßig, so dass sein Gesicht das ganze Jahr über seinen dunklen Teint nie ganz verlor. Seine wachen grau-grünen Augen signalisierten Offenheit und Herzlichkeit. Das dunkelbraune, leicht gelockte Haar trug er kurz geschnitten, wie es der augenblicklichen Mode entsprach. Doch trotz seiner inzwischen 23 Jahre wollte es mit einer ernsthaften Beziehung immer noch nicht so richtig klappen. In München hätte er sich sicherlich nicht getraut, zu einem Speed-Date-Treffen zu gehen, aber hier - weit ab vom Schuss - musste er ja nicht befürchten, von einem seiner Freunde zufällig ‚ertappt' zu werden. Auf die Existenz von Speed-Date-Agenturen war er bei der Suche im Internet nach Partnerschaftsvermittlungen gestoßen. Ein solches Speed-Dating schien Niko die günstigere - vor allem aber auch ihn nicht langfristig bindende - Alternative zu sein.
Er hastete die Treppen zum zweiten Stock hinauf, schaltete den Kaffeeautomaten ein, entledigte sich seiner Business-Kluft und sprang unter die Dusche. Danach rasierte er sich, heute bereits zum zweiten Mal, und sprühte sich ein bisschen Evidence Homme von Yves Rocher seitlich an den Hals und hinter die Ohren. Er mochte kein Rasierwasser, aber ein - weniger intensives - Eau de Toilette schien ihm für den heutigen Abend angebracht. Unwillkürlich musste er lächeln bei dem Gedanken, wie lange wohl die Damen des heutigen Abends im Bad und vor ih-

rem Kleiderschrank verbringen würden. Als älterer Bruder einer Schwester verfügte er insoweit über reichliche Erfahrung. Er selbst pflegte sich - zumindest in solchen Fragen - immer rasch zu entschließen und hatte ein gutes Gefühl dafür entwickelt, welches Outfit zu welchem Anlass passte. Er entschied sich für eine gerade erst letzte Woche erworbene Jeans und ein blau-weiß gestreiftes Freizeithemd. Dazu wählte er einen dunkelblauen Pullover. Er schaute in den Spiegel und war mit seinem Konterfei zufrieden. Noch schnell einen Happen essen und einen Schluck trinken - der Kaffee war inzwischen durchgelaufen - und dann konnte das Abenteuer beginnen.

Emilienstraße 31,
Freitag, 8. Mai, 16.55 Uhr

Sandra Niemetz, 31 Jahre, kurze brünette Haare mit rötlichen Strähnchen, Konfektionsgröße 36 - bei Blusen und Pullovern allerdings meist 38 - und mit ihren knapp 1,65 Meter eher klein gewachsen, kam etwas gehetzt nach Hause. Mit leicht vorwurfsvollem Miauen wurde sie von ihrem Kater Cäsar empfangen. Seine schlechte Laune wich aber schnell einem zufriedenen Schnurren, als Sandra ihm eine Portion Katzenfutter hinstellte und ihn hinter den Ohren kraulte. Soviel Zeit musste sie sich nehmen.
Eigentlich hatte sie ihren Friseursalon in der Barmer City heute schon am frühen Nachmittag verlassen wollen, aber eine Stammkundin hatte sich verspätet und wollte partout nicht von einer ihrer beiden Angestellten bedient werden. Also machte sie gute Miene zum bösen Spiel. Ausgerechnet heute. Nun wurde es doch noch ein Wettlauf mit der Zeit.
Die große Frage stand im Raum: „Was zieh´ ich an? Das dezente schwarz-weiße, ärmellose Kleid, wie beim letzten Mal? Oder doch lieber das hellgraue Kostüm?“ Beides schien ihr zu brav für den Anlass. Außerdem nicht sportlich genug. Die Zeit zerrann. Sie entschied sich schließlich für eine Jeans von Joop und einen eng anliegenden hellbraunen Kaschmir-Pullover, der ihre Figur betonte.
Trotz ihrer Unentschlossenheit, die sie bei der Auswahl ihrer Klamotten immer an den Tag legte, schaffte sie es, gegen halb sieben die Wohnung zu verlassen. Mit ihrem silbergrauen Tigra, einem Zweisitzer-Cabrio, das sie sich Anfang des letzten Jahres quasi als Frustkauf nach einer in die Brüche gegangenen längeren Beziehung mit einem

verheirateten Mann gegönnt hatte, fuhr sie Richtung Elberfeld. Mit Glück ergatterte sie in der Friedrich-Ebert-Straße noch einen freien Parkplatz.
Von dort waren es nur zwei Minuten bis zum Bistro ‚Vera & Friends', ihrem heutigen Ziel.

Bistro ‚Vera & Friends‘,
Freitag, 8. Mai, 18.35 Uhr

Mit geübtem Blick vergewisserte Vera sich, dass die kleinen quadratischen Tische in der üblichen Formation standen: vier Tische in der hinteren, drei in der mittleren und zwei in der vorderen Reihe. Bei den ersten von ihr veranstalteten Speed-Date-Treffen hatte sie drei Dreier-Reihen gewählt, dies aber schon nach kurzer Zeit geändert. Es wirkte zu geometrisch und dadurch irgendwie steril.
Je zwei Stühle standen an den gegenüber liegenden Seiten der Tische so, dass Vera ihre Gäste, wie sie die Teilnehmer gerne nannte, immer im Profil würde sehen können. Auf jedem der Tische befand sich eine kleine gläserne Leonardo-Vase mit einer winzigen rosafarbenen Rose. Links daneben stand ein weißes Schälchen aus feinem Porzellan in der Form eines gezackten Blattes mit gesalzenen Cashewnüssen. Alles war an seinem Platz. Nichts blieb dem Zufall überlassen. Auch den Ablauf der folgenden knapp zwei Stunden würde Vera mit ihrer Routine, die sie sich in den letzten beiden Jahren bei mehr als 25 dieser Art von Veranstaltungen erworben hatte, fest im Griff haben.
Sie hatte das Bistro in der Luisenstraße in Elberfeld etwa ein halbes Jahr nach ihrer Scheidung von Peter Bammer eröffnet. Als Startkapital diente ihr ein Teil der fast 600.000 Euro, die das Ergebnis einer öffentlich ausgetragenen Schlammschlacht waren. Gottlob hatte sie Dr. Hopfenstätt, der Scheidungsspezialist aus der Kölner Sozietät Prof. Dr. Persson & Partner, vertreten. Er war ein gewiefter Fuchs und konterte alle Attacken, die von der Gegenseite im Prozess vorgetragen worden waren. Zwar hatte sie die hohe Abfindung gegen den Verzicht auf jegliche Un-

terhaltsansprüche eingetauscht. Aber das hatte sie auch schon im ersten Gespräch mit ihrem Anwalt klargestellt. Sie wollte sich auf eigene Füße stellen und brauchte dafür jetzt einen sicheren finanziellen Rahmen. Was sie im Alter bräuchte, würde sie sich selbst erarbeiten. Sie fühlte sich mit ihren 38 Jahren noch jung genug, um wieder ganz von vorne anzufangen. Und sie wollte auch alle Brücken hinter sich abbrechen zur Familie und zum Freundeskreis ihres Exmannes in Düsseldorf. Deshalb hatte sie auch umgehend wieder ihren Mädchennamen ‚Corts' angenommen.

Dank ihrer eigenen Freunde - überwiegend aus der Studentenzeit während ihres Mathematik-Studiums in Wuppertal - zu denen sie den Kontakt nie verloren hatte, war ihr der Absprung von der so genannten ‚feinen Düsseldorfer Gesellschaft' ohne seelische Blessuren gelungen. Zumindest war dies der Eindruck, den ihre Freunde gewonnen hatten. Eine blonde, sportliche Enddreißigerin, mit fast 1,75 Meter deutlich größer als die meisten anderen Frauen ihres Alters, die dynamisch zupackte und ausführte, was sie sich in den Kopf gesetzt hatte. Nur Angela, ihre beste Freundin, wusste, dass Vera nicht so unverletzt aus der Endphase ihrer Ehe hervorgegangen war, wie es schien.

Sie hatte Peter vor 14 Jahren auf der ‚Boot' kennen gelernt, als er mit ein paar Geschäftsfreunden wie jedes Jahr die Ausstellung besuchte. Sie jobbte zum ersten Mal auf der Düsseldorfer Messe, um ihr BAföG aufzubessern. Es war Liebe auf den ersten Blick, obwohl er 17 Jahre älter war als sie. Was sie an ihm schätzte, war seine damalige Offenheit, denn schon beim zweiten Treffen, als sie noch nicht miteinander geschlafen hatten, gestand er ihr, verheiratet zu sein. Seinen ernst gemeinten Vorschlag, sich nicht mehr zu treffen, lehnte sie energisch ab. Sie liebte ihn und war sich sicher, dass auch er sie liebte. So würde sich ein Weg finden lassen. Zwei Jahre später ließ Peter sich von seiner Frau scheiden und heiratete Vera, die gerade ihr Examen bestanden hatte. Beide bezogen eine 4-Zimmer-Wohnung in einer der gerade neu errichteten Wohnanlagen im Düsseldorfer Hafen Bilk mit Blick auf den Rhein. Das Glück war perfekt. Bis sich die Geschichte nach etwas mehr als zehn Jahren zu wiederholen schien. Wieder war es auf der ‚Boot'. Wieder war es eine junge Studentin von Mitte zwanzig. Es war, als hätte Peter ein ‚Déjà-vu', als er ihr begegnete: Die Studentin, die da vor ihm stand, ähnelte verblüffend der jungen Frau, die er vor etwa einem Jahrzehnt auf derselben Ausstellung kennen gelernt hatte. Peter verliebte sich mit Haut und Haar in sie und kam nicht mehr von ihr los.

In der Folgezeit begriff Vera, wie Peters erster Frau zumute gewesen sein musste. Sie litt still vor sich hin. Fast der Verzweiflung nahe konnte sie sich nur mit Mühe und mit Angelas Hilfe aus ihrer schweren Depression befreien.

Das Scheidungsurteil wurde dann zum endgültigen Befreiungsschlag. Vom Tage seiner Verkündung an zeigte sich aber auch ein durchgreifender Wandel bei Vera. Ihre Sanftheit verschwand und sie wurde hart gegen sich und andere.

Sie zog nach Wuppertal, investierte etwa ein Drittel ihrer Abfindung in den Kauf einer modernen 3-Zimmer-Wohnung in Ronsdorf und begann in aller Ruhe, Ausschau zu halten nach einem kleinen Café oder Restaurant. In ihrem eigentlichen Beruf zu arbeiten, schien ihr zwecklos, denn wer suchte schon eine 38-jährige Mathematikerin ohne

Berufserfahrung ...
So hatte sie sich schließlich für den Kauf des Bistros in der Luisenstraße entschieden. Der Makler hatte anfangs einen fast 20 % höheren Kaufpreis genannt, aber ihre Beharrlichkeit und der lange Leerstand hatten letztlich den Ausschlag gegeben, dass sie objektiv einen guten Deal machte.
„Chefin, sind Sie so weit?“ ließ sich Carlo vernehmen, der von ihr unbemerkt in das vom Hauptraum abgetrennte Hinterzimmer getreten war. Carlo - Mitte zwanzig, mittelgroß, kräftig, tiefschwarzes, dichtes Haar, Dreitagebart - war Halbitaliener und konnte seine italienische Abstammung nicht verleugnen. Von seinem Vater hatte er den Charme des Südländers geerbt, von seiner deutschen Mutter den Hang zur Perfektion. „Die ersten Teilnehmer werden bestimmt in wenigen Minuten da sein! Wir müssen uns sputen!“ Vera schreckte aus ihren Gedanken hoch.
„Ja, ja! Es ist alles okay. Du kannst ja auch noch mal einen Blick auf die Deko werfen. Was meinst du?“
„Perfekt, alles perfekt, wie immer“, ermunterte Carlo seine Chefin, zu der er ein gutes Verhältnis hatte und die er insgeheim bewunderte, vielleicht sogar begehrte. Mehr als ein Dutzend Jahre war sie älter als er, aber das hätte ihn nicht gestört. Im Gegenteil. Die Barriere jedoch, die von Anfang an zwischen ihnen gestanden hatte, war sein Angestelltenstatus. Gleich zu Beginn hatte sie ihn gefragt, ob sie ihn duzen dürfe. Damals hatte er die Gelegenheit verpasst, es ihr gleich zu tun. „Klar Chefin, natürlich können Sie mich duzen!“ hatte er geantwortet. Und seit diesem Moment war es so geblieben: Sie duzte ihn, er siezte sie.
„Dann kann´s ja losgehen. Im Bistro alles klar? Hast du auch genug Getränke gekühlt?“

„Aber Chefin“, antwortete Carlo leicht pikiert, „ich mach das doch nicht zum ersten Mal!“
„Pardon, war nicht so gemeint“, entschuldigte sich Vera bei ihm. „Bin heute irgendwie nicht so ganz bei der Sache!“
„Das wird schon, sobald die Ersten da sind“, sagte Carlo und verschwand durch die Tür. Gerade noch rechtzeitig, denn schon kurz darauf betraten die ersten Teilnehmer das Bistro.
Zehn Minuten nach sieben waren alle ‚Speed-Dater‘ eingetroffen, die Vera gleich zu dem von ihr ausgesuchten Tisch begleiten würde. Auch hier wollte sie - so weit das möglich war - steuernd eingreifen. Sie hatte sich, weil sie von den Kandidaten meist nur Alter, Geschlecht und Beruf kannte, ein System der Reihenfolge zurechtgelegt, mit dem sie beste Erfahrungen gemacht hatte. In aller Regel lag sie damit richtig.
Auch heute war es für sie wieder interessant zu beobachten, wie ihre Gäste sich vor dem eigentlichen Beginn der Zweiergespräche verhielten. Drei Frauen, zwischen Mitte dreißig und vierzig, die sich offensichtlich kannten, standen rechts neben den Tischen, und plauderten munter drauf los. Unverkennbar hatten sie sich in Schale geworfen. Sechs der Männer, fünf von ihnen in den Vierzigern, einer Anfang dreißig, hatten sich hinter den Tischen aufgebaut und tauschten ihre Erfahrungen über vergangene Speed-Datings aus. Dabei ließen sie - mehr oder weniger unauffällig - ihre Blicke durch den Saal schweifen, schon jetzt auf der Suche, wie Vera mit ihrer Erfahrung von zahlreichen derartigen Veranstaltungen feststellte. Die übrigen Gäste standen unschlüssig meist in Wandnähe und wussten nicht so recht, was sie tun sollten. Es schien, als seien

sie froh über das gedimmte Licht im Raum, das sie nicht so sehr ins Rampenlicht schob.
Aber eines war allen gemeinsam, das sie wie eine unsichtbare Kette miteinander verband. Die Spannung. Die Erwartung, was der heutige Abend für jeden Einzelnen von ihnen bringen würde. Und diese knisternde Spannung war im Raume spürbar. Für jeden. Auch für Vera.
Sie ging auf die sechs Herren zu. Schlagartig verstummten die Gespräche. Sie begleitete jeden von ihnen an den von ihr ausgewählten Tisch. Es folgte das Damentrio. Dann kamen die übrigen Gäste an die Reihe.
Vera trat an ihren vor den drei Reihen etwas nach rechts versetzten erhöhten Bistro-Tisch. „Guten Tag, meine Damen und Herren. Als Gastgeberin des heutigen Abends heiße ich Sie herzlich willkommen. Drei von Ihnen sind mir ja schon von früheren Treffen bekannt, was mich außerordentlich freut, denn es zeigt doch offensichtlich, dass ich den Namen ‚Vera & Friends' für mein kleines Bistro mit Bedacht und nicht zu unrecht gewählt habe. Wie üblich lade ich Sie zum ersten Getränk ein, das nicht alkoholisch sein sollte, damit Sie mit voller Konzentration die vor Ihnen liegenden eineinhalb bis zwei Stunden in Angriff nehmen können."
„Darf ich eine Frage stellen?" meldete sich Alexandra Kurtz, eine etwas üppige, stark geschminkte Teilnehmerin von Mitte bis Ende 40 zu Wort.
„Natürlich, jederzeit. Nur während der Gesprächsrunden sollten Fragen nur auf Ihr Gegenüber beschränkt sein. Also, was haben Sie auf dem Herzen?"
„Besteht nach den Gesprächen mit den anderen Teilnehmern anschließend noch die Möglichkeit, dass wir uns untereinander hier oder vorne im Bistro austauschen

können?“
„Ja, da sind Sie etwas vorgeprescht. Zu den Einzelheiten, wie alles abläuft, komme ich gleich“, erwiderte Vera weiterhin freundlich, aber doch bestimmt und wandte sich an Carlo, der gerade den Raum betreten hatte. „Bei Carlo, meinem Barkeeper, können Sie jetzt Ihre Bestellungen aufgeben.“
Unter den Teilnehmern setzte wieder leises Gemurmel ein, während Carlo die Getränkewünsche entgegennahm. Alle hielten sich an Veras Bitte und bestellten Antialkoholisches, meistens Kaffee oder Latte macchiato.
Vera begann von Neuem. „Sicherlich haben die meisten von Ihnen sich im Internet schon schlau gemacht, wie so ein Abend abläuft. In Kurzfassung noch einmal die wichtigsten Punkte. Ein Gespräch mit Ihrem Gegenüber dauert genau neun Minuten. Es ertönt ein Klingelzeichen und dann wechselt jeder der Herren seinen Platz nach rechts zum Nachbartisch. Vor Beginn der neuen Gesprächsrunde kreuzen Sie, bitte für die anderen Teilnehmer möglichst nicht sichtbar, auf Ihrer Karte ‚ja‘ oder ‚nein‘ an, womit Sie dokumentieren, ob ich Ihre E-Mail-Adresse weitergeben darf. Das geschieht natürlich nur, wenn auch Ihr Gesprächspartner, falls Sie ihm ein ‚Ja‘ gegeben haben, seine Karte entsprechend ausgefüllt hat.“
„Rechts von mir ist aber kein Tisch“, warf Bruno Lagier, ein braun gebrannter Mittvierziger mit bereits sich abzeichnender Stirnglatze und einem grau melierten Schnauzbart, den Vera schon bei der Begrüßung als ziemlich selbstgefälligen Zeitgenossen eingestuft hatte, grinsend ein.
Nun macht er auch noch den Pausenclown, dachte Vera leicht angesäuert, lächelte aber bei ihrer ironischen Ant-

wort den Teilnehmer freundlich an und brachte zugleich die Lacher auf ihre Seite. „Dann müssen Sie eben den Tisch nehmen, der frei bleibt ... und ich vermute mal ganz stark, dass das - von mir aus gesehen - der linke Tisch in der letzten Reihe sein wird."

Es kam kein Echo und auch keine weiteren Fragen, so dass Vera ungehindert fortfahren konnte. „Nach der fünften Gesprächsrunde machen wir eine 15-minütige Pause, vor allem für die Raucher, für die wir vor dem Bistro eine kleine Raucherecke eingerichtet haben. Im Übrigen können Sie bei Carlo an der Bar dann auch Getränke nachbestellen. Wenn die letzte, also die neunte Runde zu Ende ist, sammele ich Ihre Karten ein, auf denen ich schon, wie Sie sehen, jeweils Ihren Vornamen und Ihren - wie heißt es auf Neudeutsch - Ihren ‚Nickname', den Sie auch in Ihrer speziell eingerichteten E-Mail-Adresse verwenden, eingetragen habe. So, wenn Sie keine Fragen mehr haben, kann´s losgehen."

Niemand meldete sich. Sie betätigte den überdimensional großen Wecker, der auf ihrem Bistro-Tisch stand. Auf dem Glas des Weckers prangte das von ihr verwendete Logo: Herzdame und Herzbube mit den drei Neunen in der Mitte. ‚9-9-9' stand für die neunminütigen Gespräche der neun weiblichen und der neun männlichen ‚Speed-Dater'. Danach setzte sich Vera auf den vor ihrem Tisch platzierten, ebenfalls erhöhten, drehbaren, mit rotem Nappaleder bezogenen Cocktailsessel. Von hier aus hatte sie alle Teilnehmer gut im Blick. Ein weiterer Vorteil war, dass sie dem Gespräch am rechten Tisch in der ersten Reihe meist recht gut folgen konnte, wenn es nicht gar zu leise geführt wurde. Sie sah hierin keine Indiskretion. Vielmehr hatte sie in der Vergangenheit durch dieses

‚Hineinhören' schon häufig neue Anregungen gesammelt, die ihr zur permanenten Verbesserung der Abläufe dienten. So lauschte sie auch an diesem Abend voller Interesse dem unmittelbar vor ihr stattfindenden Gespräch der ersten Runde, nur scheinbar vertieft in die vor ihr liegenden Listen und Aufzeichnungen.

Mit geübtem Blick musterte Vera das schräg vor ihr sitzende Pärchen: Er, 46-jähriger Betriebswirt - wie sie ihren Unterlagen entnahm - etwa 1,80 Meter groß, mit frisch gestutztem Schnauzbart, Halbglatze, deutlichem Bauchansatz und erkennbar gepflegten Händen - wirkte in seinem gut sitzenden, dezent gestreiften, marineblauen Anzug auf sie wie ein Angestellter des mittleren Managements. Vielleicht Abteilungsleiter in einem Mode-Kaufhaus oder Prokurist in einer Bank? Sie setzte ihr Gedankenspiel nicht fort und betrachtete sein weibliches Gegenüber. Vera kannte die junge 31-jährige, selbstständige Friseurin von einer der zurückliegenden Veranstaltungen. Mit ihrer mit rötlichen Strähnchen durchwirkten Kurzhaarfrisur, ihrer schmalen Taille und ihrer beachtlichen Oberweite war sie für die Männerwelt ein echter Blickfang, aber auch ihr im Bewusstsein geblieben. Sie erinnerte sich noch genau, dass sie nur auf einer Karte ein 'Ja' angekreuzt hatte, und zwar bei einem sehr attraktiven Endzwanziger, der damals nur von einer einzigen Teilnehmerin ein ‚Nein' erhalten hatte. Da war sie wohl wegen der großen Nachfrage bei dem begehrten Exemplar durchs Raster gefallen, dachte Vera und widmete ihre ganze Aufmerksamkeit dem Gespräch.

„Sind Sie zum ersten Mal hier?" fragte Volker Fender, der sich - wie auch Sandra - den Regeln entsprechend nur mit

seinem Vornamen vorgestellt hatte.
„Nein, vor ungefähr zwei Monaten war ich schon mal hier."
„Und wie finden Sie es?"
„Ganz nett, es wirkt nicht so verkrampft, wie ich vor meinem ersten Speed-Dating noch befürchtet hatte. Und Sie? Waren Sie auch schon mal bei so einer Veranstaltung?"
„Nein, das habe ich ..." er machte eine kleine Pause, „... das habe ich mich bisher noch nicht getraut. Meine Frau ist vor knapp zwei Jahren gestorben ..."
„Oh, das tut mir leid!"
„Danke, nett von Ihnen. Aber ich bin jetzt darüber hinweg. Hoffe ich wenigstens. Das hat ziemlich lange gedauert, bis ich mich wieder unter die Menschen getraut habe ..."

Vera mit ihrer großen Menschenkenntnis, die sie sich im Laufe der Jahre erworben hatte, bemerkte sofort das Missverhältnis zwischen seiner Aussage und seiner Körpersprache. Nein, seine Trauer war mit Sicherheit noch nicht zu Ende. Sie hatte ihn noch immer fest im Griff. Vielleicht suchte er hier jemanden, der vielleicht ein gleiches Schicksal wie er hinter sich hatte. Eines wusste Vera aber ganz sicher. Sein augenblickliches Gegenüber würde es nicht sein.
So dümpelte das Gespräch in den folgenden Minuten dahin und Vera war froh, als der Wecker klingelte und so eine neue Runde einläutete.

Im Gegensatz zum vorangegangenen Plausch versprach das neue Gespräch reizvoller zu werden. Vera kannte den jungen, noch nicht ganz 30-jährigen, gut aussehenden jungen Mann, der vor längerer Zeit schon zwei Mal teilge-

nommen hatte. Sein Äußeres war lässig und in sich auch durchaus stimmig. Aber sein gesamtes Auftreten wirkte arrogant und selbstverliebt. Frei nach dem Motto: Wer kann mir widerstehen? Bitte hinten anstellen. Und immer schön der Reihe nach ...
Da bin ich mir aber ziemlich sicher, dass ihm jetzt der Groschen gewechselt wird, dachte Vera bei sich und konzentrierte sich auf das gerade begonnene Zwiegespräch.

„Na, hast du schon die Angel ausgeworfen?“ begann er, nachdem Robert Marx sich Sandra mit „Robert, meine Freunde nennen mich Bob“ vorgestellt hatte.
„Nein Robert, ich wollte erst einmal das Gespräch mit dir abwarten“, konterte Sandra seinen Macho-Spruch mit deutlich ironischem Unterton, den er aber nicht wahrnahm.
„Das lässt ja hoffen, Sandy. Ich darf doch Sandy sagen, oder?“
„Also ganz ehrlich, Sandra ist mir lieber. Sandy klingt so billig, verstehst du?“
Nein. Er verstand natürlich nicht. Für Zwischentöne hatte er nicht das richtige Ohr. Und so stürzte er unaufhaltsam in den Abgrund, der sich vor ihm auftat.
„Also ich hab mal eine Sandy gekannt, die war eine echte Granate!“ Und um seiner Aussage das nötige Gewicht zu verleihen, wippte er vor seinem Brustkorb zwei-, dreimal mit seinen geöffneten Händen, als wöge er Melonen, und stierte Sandra dabei ohne jedes Schamgefühl auf die Brüste, die sich unter ihrem hellbraunen Kaschmir-Pullover wölbten. Sie ignorierte seine Gesten sowie seinen Blick und konterte.
„Ach wirklich? Und du meinst, das ist Grund genug, mich

auch Sandy zu nennen?“
„Versteh mich nicht falsch! Die hatte auch was in der Birne!“
„Und das hat dich nicht gestört?“
„Wie, das kapier ich jetzt nicht. Wie meinst du das denn?“
„Also man sagt doch, dass das eher stört beim ...“
„Du meinst beim Poppen?“
„So hätte ich es zwar nicht gesagt, aber ...“
„Weißt du was, Sandy, äh, ich meine Sandra. Du bist echt okay. Mit dir kann man sich echt gut unterhalten. Und wenn ich deine Figur so betrachte, dann wahrscheinlich auch noch ganz andere Sachen mit dir machen!“
„Heißt das, aus uns könnte was werden?“ Wieder verstand er nicht ihre triefende Ironie und versank wie ein mit rudernden Armen im Moor langsam aber sicher Ertrinkender.
„Also mal ganz ehrlich, Sandy, Tschuldigung, Sandra. Guck dich doch mal um. Siehst du da irgendeinen anderen Typen, der es wert ist, von dir erhört zu werden? Das sind doch alles Dünnbrettbohrer oder Opas, die´s nicht mehr bringen ...“
„Und du bringst es?“
„Worauf du wetten kannst. Also drei-, viermal pro Nacht ist bei mir immer drin. Und wenn ich dich so ansehe“, dabei stierte er wieder unverhohlen auf ihre Brüste und wiegte seinen Kopf hin und her, „holst du aus mir noch ne kleine Extrarunde raus!“
„Das klingt ja wirklich verlockend! Da musst du dich vor Angeboten ja kaum retten können!“
„Also nachts alleine, kenne ich gar nicht mehr.“
„Das muss aber doch richtig anstrengend sein!“

„Nö, wieso?“
„Also wenn ich jetzt mal nachrechne, dann kommst du ja im Monat so auf etwa 100-mal ...“
„Versteh ich nicht!“
„Soll ich´s dir mal vorrechnen?“

In diesem Moment riss der Klingelton Vera aus ihren Gedanken. Was gibt es bloß für selbstverliebte Machos! Wenn Dummheit wehtäte, müsste der den ganzen Tag schreien. Sollte der sich noch mal anmelden, ist leider alles schon ausgebucht, ging es ihr durch den Kopf. Dann wandte sie sich an ihre Gäste und bat die männlichen Teilnehmer, am nächsten Tisch Platz zu nehmen.
Eigentlich wollte Vera sich nun tatsächlich ihren Aufzeichnungen und Listen zuwenden. Aber das nächste Gespräch von Sandra wollte sie sich auf gar keinen Fall entgehen lassen. Denn diesem Paar hatte sie vorhin, als sie sich einen allgemeinen Überblick verschafft hatte, die meisten Chancen auf ein ‚Danach‘ und ein ‚Vielleicht-auch-mehr‘ eingeräumt. Und so folgte sie einem weiteren Gespräch.

„N´Abend, ich heiße Niko.“
„Ich bin Sandra. Ist Niko die Abkürzung von Nikolaus?“
„Nein, ich bin so getauft worden.“
„Warst du schon öfter hier?“
„Nein, ich bin noch nicht lange in Wuppertal und dachte mir, das musst du mal ausprobieren. Wollte einfach mal wissen, wie das hier so läuft.“
„Also neugierig?“
„Eher wissbegierig!“
„Und woher kommst du?“

„Ursprünglich aus Köln. Absolviere aber zurzeit eine Ausbildung bei einem Münchener Versicherer ..."
„Und was machst du dann hier?"
„Bin für ein paar Monate im Rahmen eines Trainee-Programms in Wuppertal."
„Dann kannst du dich sicherlich nicht über zu wenig Arbeit beklagen!"
„Da hast du leider Recht und deshalb habe ich auch kaum Gelegenheit, jemanden kennen zu lernen."
„Dann ist das doch hier genau das Richtige!"
„Finde ich auch. Und was machst du so?"
„Bei mir ist das so ähnlich. Ich habe einen kleinen Damen-Frisiersalon in Barmen. Also tagsüber keine Chance, mal abgesehen von ein paar Vertretern, sich mit einem Mann zum Essen oder zum Tanzen zu verabreden."
„Tanzt du gerne?"
„Ja. Du auch?"
„Schon, aber das, was so in den Discos abgeht, hat ja mit Tanzen nicht wirklich was zu tun."
„Das heißt, du kannst richtig tanzen?"
„Ja, und mache das auch gern."
„Da sitzt mir ja einer von der aussterbenden Spezies gegenüber", lachte Sandra. Ihr Lächeln gefiel ihm. Das, was sie sagte, machte ihn ein wenig verlegen und er wusste nicht, was er antworten sollte. Er schwieg, betrachtete sie still und hielt ihrem Blick stand.
Sie unterhielten sich noch eine Weile über ihre Hobbys und Reisen, die sie in den letzten Jahren unternommen hatten. Offensichtlich hatten beide eine Vorliebe für Urlaube im Süden, vor allem auf den Kanaren.
„Wie alt bist du eigentlich?" fragte sie unvermittelt.
„In Kürze werde ich 24", antwortete Niko, dem schon zu

Beginn der Veranstaltung sofort klar geworden war, dass er mit Abstand der jüngste Teilnehmer sein würde.
„So jung noch? Du wirkst älter. Vielleicht weil man sich so gut mit dir unterhalten kann."
„Und du, wie alt bist du? Oder darf ich das nicht fragen?"
„Natürlich darfst du fragen. 31 bin ich."
„Da habe ich mich aber gewaltig verschätzt. Höchstens 28 habe ich eben gedacht, als ich an deinen Tisch kam."
„Jetzt schwindelst du aber, oder?"
„Nein, ganz bestimmt nicht. Du wirkst total jugendlich. Schade, dass die Zeit gleich schon vorbei ist. Ich glaube, ich könnte mich den ganzen Abend mit dir unterhalten."
„Mal sehen, aber erst müssen wir noch ein paar Runden überstehen. Ich würde gerne aussteigen, aber das führt nach den Regeln hier zum sofortigen Ausschluss."
„Ist ja eigentlich auch richtig so. Vielleicht können wir ja nachher in der Pause oder nach der Veranstaltung ..."
In seinen Satz hinein ertönte das Klingelzeichen. Niko erhob sich nur zögernd, so als fiele es ihm schwer, sich von Sandra zu lösen. Er hielt sich etwas verlegen mit Daumen und Zeigefingern an der Tischkante fest, blickte ihr in die Augen und nickte ihr kurz zu. Sandra erwiderte seinen Blick und sagte: „Dann bis nachher!"

Vera hatte das Gespräch ganz gefangen genommen. Wie süß, dachte sie. Was für ein netter junger Mann. Gegensätzlicher hätten die beiden Gespräche wirklich nicht verlaufen können. Erst so ein selbstgefälliger Macho und dann dieser Typ, den jede Mutter gerne in die engere Wahl der potenziellen Schwiegersöhne gezogen hätte.
Vera bat diejenigen, die sich von ihren Gesprächspart-

nerinnen aus Interesse oder aus Gedankenlosigkeit nur schwer loseisen konnten, jetzt doch bitte die Plätze zu tauschen, damit keine Verzögerung einträte. Nach vollzogenem Platzwechsel wandte sie sich dann endlich den Dingen zu, die noch zu erledigen waren, und verfolgte die Gespräche nicht weiter. Kurz vor Ende der fünften Runde ging sie nach draußen, um Carlo über die bevorstehende Pause zu informieren, damit er schon einmal die ersten Vorbereitungen treffen konnte.

Die weiteren Gesprächsrunden verliefen ohne irgendwelche nennenswerten Zwischenfälle, was nicht immer der Fall war. Manchmal gab es im Anschluss an die Tischgespräche draußen an der Bar unliebsame Entgleisungen. Schuld daran war fast immer der Alkohol und die meist richtige Einschätzung von Teilnehmern, kaum ein ‚Ja' auf den Karten erhalten zu haben. Das führte zu Frust und der schlug um in Aggression. In solchen Situationen war Vera froh, sich auf Carlo verlassen zu können, der regelmäßig ins Fitnessstudio ging.
Erst gegen Elf verließen die letzten beiden Teilnehmer das Lokal. Vera war überhaupt nicht verwundert, dass es sich um Sandra Niemetz und Niko Altmann handelte. Der Altersunterschied betrug ziemlich genau acht Jahre, aber das schien die beiden nicht zu stören. Die Vertrautheit, mit der sie miteinander sprachen, erweckte bei ihr den Eindruck, dass der Abend für beide noch lange nicht zu Ende sein würde.
Vera war sich auch sicher, dass beide die meisten ‚Ja' auf ihren Karten eingeheimst hatten. Häufig kümmerte sie sich erst am nächsten Morgen um die Vervollständigung der Karten, die Auswertung und die entsprechenden

E-Mails an ihre Kunden. Diesmal aber war sie neugieriger als sonst und wollte in ihrem zur anderen Seite des Bistros gelegenen kleinen Büro die Karten noch schnell durchsehen und mit den üblichen Daten auf der Rückseite ergänzen. Ihre Menschenkenntnis, die sie sich im Laufe der Jahre erworben hatte, enttäuschte sie nicht. Sandra und Niko waren die klaren ‚Sieger' des Abends. Während Sandra allerdings von allen männlichen Teilnehmern ein ‚Ja' bekommen hatte, waren es bei Niko nur vier weibliche Ja-Stimmen. Das führte Vera auf sein junges Alter zurück, wodurch schon die meisten aus der Damen-Riege entfielen, da die Teilnehmerinnen - bis auf zwei Ausnahmen - alle zwischen Mitte 30 und Ende 40 waren.
Vera kam nach gut einer halben Stunde zurück ins Bistro.
„Dann bis morgen, Carlo! Wen fandest du denn besonders attraktiv?" Noch bevor er antworten konnte, meinte sie: „Nein, lass mich raten. Sandra, die kleine Brünette, mit der guten Figur. Stimmt´s?"
„Das war ja wohl nicht schwer zu erraten", antwortete Carlo. „Bei der Figur ..." - er machte eine kleine Pause und zeichnete mit der Rechten ein ‚S' in die Luft - „muss sie wohl jedem gefallen haben!"
„Richtige Antwort! 100%-Quote!"
„Wie? Alle haben sie angekreuzt?! Das ist ja wie bei der Tombola. Freie Auswahl! Da wird sie ja die nächsten Wochen ganz schön Verkehr haben ... ich meine E-Mail-Verkehr", grinste Carlo und lachte seine Chefin entwaffnend an.
„Gut, dass du solche Sprüche für dich behältst, wenn die Gäste noch hier sind."
„Ehrensache, Chefin. Aber ich muss schon sagen, die hat was. Ein Mordsschuss!"

„Carlo!“
„Na ja, das müssen Sie doch zugeben. Das ist schon eine echte Augenweide!“
„Stimmt, aber ich glaube die Karten sind bereits gemischt. Der junge Niko scheint das Rennen zu machen, wenn mich mein sechster Sinn nicht täuscht.“
„Aber der Altersunterschied ist doch ziemlich groß!“
„Ist das ein Hindernis?“
„Ganz und gar nicht“, beeilte sich Carlo zu erwidern und Hoffnung stieg wieder in ihm auf, was seine verborgenen Gefühle seiner Chefin gegenüber betraf. „Nee, so´n junger Hüpfer hat ja auch seine Vorteile, wenn Sie wissen, was ich meine!“
„Schon gut, bitte keine näheren Ausführungen! Es ist spät und mein Bett ruft. Also dann. Tschüss!“
„Ciao, Chefin! Ich räum´ noch kurz auf und dann geht´s ab in die Falle. Bin gegen zehn morgen früh wieder hier.“
„Okay, bis morgen!“

Cocktailbar ‚Arche Noah',
Freitag, 8. Mai, 23.25 Uhr

Vera lag mit ihrer Vermutung richtig. Sandra und Niko schlugen nicht den bei den Speed-Date-Partys üblichen Weg über den E-Mail-Kontakt ein. Noch im Bistro hatten sie sich darauf verständigt, den Abend an einem anderen Ort ausklingen zu lassen. So fuhren sie schließlich zur ‚Arche Noah', einer kleinen Cocktail-Bar in der Wiesenstraße. Der Vorschlag kam von Sandra, denn Niko kannte sich in der Szene Wuppertals nicht aus, wie er freimütig einräumte. Ihre Absicht, die knapp zwei Kilometer zu Fuß zu gehen, gaben sie ganz schnell auf, als sie sahen, dass es zu regnen begonnen hatte.

„Was nimmst du?" fragte Niko, nachdem sie längs der Bar noch einen der hochbeinigen Tische mit den links und rechts davor stehenden Barhockern erobert hatten.

„Einen Mojito, kann ich dir empfehlen", antwortete Sandra und ließ so durchblicken, dass sie hier nicht zum ersten Mal war.

„Okay, kann ich ja bei dir gleich mal probieren. Ich nehme erst mal einen Caipirinha", meinte Niko und wollte, indem er ebenfalls nicht in die auf dem Tisch liegende Karte schaute, Sandra nicht merken lassen, wie selten er Gast in derartigen Lokalitäten war.

Richtig süß, dachte sie, ein netter unverdorbener Junge. Der einzige akzeptable Typ beim heutigen Speed-Dating. Und du hast ihn dir geschnappt. Gut gemacht, Sandra. Aber, wie sagte dein Opa: „Immer langsam mit die junge Pferde"! Morgen ist auch noch ein Tag.

„Woran denkst du?" riss Nikos Frage sie aus ihren Gedanken.

„Wenn ich ganz ehrlich bin, daran, dass ich morgen früh spätestens um halb neun wieder im Geschäft sein muss", und fügte mit einem vielsagenden und vielversprechenden Lächeln, das ihm die Hoffnung ließ, hinzu: „Aber ich komme immer mit wenig Schlaf aus."

Niko bestellte die beiden Cocktails. „Die kleinen quadratischen Tische hier haben verdammte Ähnlichkeit mit den Tischen im Bistro."

„Stimmt, ist mir gar nicht aufgefallen. Na, dann müssen wir uns nicht umstellen und können unser Gespräch da fortsetzen, wo wir vorhin durch Veras unerbittlichen Wecker unterbrochen wurden", entgegnete Sandra mit einem Augenzwinkern.

Angeregt unterhielten sie sich. Beide waren sehr offen miteinander und erlaubten sich umfangreiche Einblicke in das Leben des jeweils Anderen. Sie erzählte von einer langjährigen Verbindung, der dann in rascher Folge flüchtige Affären gefolgt waren. Das heutige Speed-Dating war ihr zweiter Versuch. Den ersten, den sie vor circa zwei Monaten unternommen hatte, bezeichnete sie als schlichtes Fiasko. Niko scheute sich ebenfalls nicht, sich vor ihr auszubreiten. Er räumte ein, noch nie eine längere Beziehung gehabt zu haben. Bedauern klang in seiner Stimme, wie Sandra erfreut bemerkte.

Beide gewannen im Laufe des Gesprächs den Eindruck, sich schon lange zu kennen. Ganz ungezwungen tat sich eine Vertrautheit zwischen ihnen auf. Sie genehmigten sich noch zwei weitere Cocktails - beide Male nahm auch Niko jeweils einen Mojito - und brachen kurz nach ein Uhr auf, nachdem er an der Bar die Rechnung beglichen hatte.

Sandra fuhr Niko nach Hause. Sie parkte den Wagen etwa

50 Meter von seiner Wohnung entfernt auf einer Garageneinfahrt und stellte den Motor ab. Sie sah ihn an. Verlegenheit beschlich sie. Ob er mich jetzt küssen wird, dachte sie und gestand sich ein, dass sie es sich wünschte. Es ist doch ganz einfach - setzte sie ihr Gedankenspiel fort und blickte ihn aufmunternd an - du musst nur deine Scheu überwinden. Nimm mein Gesicht in deine Hände und küss mich. Komm Niko, gib dir einen Ruck. Küss mich!
Er schaute sie an, sah in ihr hübsches Gesicht mit der kleinen Stupsnase und spürte noch stärker als vorhin in der Bar, wie vernarrt er in sie war. Ob sie will, dass ich sie küsse, dachte er, schaute verlegen für einen kurzen Moment zur Seite und lieferte sich dann wieder dem Blick ihrer strahlenden Augen aus. Er nahm seinen ganzen Mut zusammen und ihr Gesicht in seine Hände. Sein Mund näherte sich ihren Lippen. Er hoffte auf ein Signal von ihr. Denn er verspürte - unerfahren, wie er in solchen Situationen war - immer noch Angst, er könnte genau das Falsche tun.
Endlich. Jetzt wird er mich küssen, dachte sie die Augen schließend, seinen Kuss erwartend.
Doch als sie die Augen schloss, verließ ihn plötzlich der Mut. Er zögerte, drehte ihren Kopf zur Seite und gab ihr einen sanften Kuss auf die Wange. Kaum schienen seine Lippen ihre Haut zu berühren.
Sie schlug die Augen auf, kuschelte sich an seine Schulter, spürte seine Wärme, drückte ihm einen Kuss auf seinen Hals und sagte: „Schlaf gut! Und träume einen schönen Traum!“ Sie war nicht enttäuscht. Überrascht ja, aber nicht enttäuscht. Es blieb noch viel Zeit, die Träume zu leben.
„Gute Nacht! Ja, ich werde träumen ...“

Bistro ‚Vera & Friends‘,
Samstag, 9. Mai, 9.05 Uhr

Vera schloss die mit einem Eisengitter gesicherte Tür ihres Bistros auf und ging schnurstracks in ihr Büro. Tasche und Schlüssel legte sie auf das Sideboard. Komisch, dachte sie, einen Blick auf den Schreibtisch werfend, ich hätte schwören können, den Karteikasten gestern nicht mehr eingeschlossen zu haben. Hab ich mich wohl geirrt!
Sie bediente die Kaffeemaschine, packte ihre beiden unterwegs eingekauften belegten Brötchen aus und stellte Teller und Tasse auf ihren Schreibtisch. Sie fuhr den Rechner hoch. Dann öffnete sie den Tresor, um die Daten von den restlichen Karten in die Datei zu übertragen, wozu sie gestern Abend keine Lust mehr hatte. Doch der Karteikasten war auch nicht im Tresor.
Dann muss Carlo ihn genommen haben. Aber was um Himmels willen will er mit den Karteikarten anfangen, dachte Vera. Sie hatte keine vernünftige Erklärung. Also blieb ihr nichts anderes übrig, als auf ihn zu warten und ihn zu fragen, was er sich dabei gedacht hatte. Es war zu blöde. Sie hasste es, zur Untätigkeit verdammt zu sein. Vor allem, wenn andere daran schuld waren. Ihn anzurufen, würde die Sache nicht beschleunigen, denn sicherlich war er schon unterwegs.
Nur mühsam bewegten sich die Zeiger der Uhr, die über der Tür zu ihrem Büro angebracht war und auf die sie alle zwei Minuten schaute, vorwärts. Noch eine halbe Stunde, dachte sie. Nun gut, ändern kannst du es sowieso nicht. Sie schnappte sich ihr Schminktäschchen, um nachzuholen, wozu sie in der Früh nicht gekommen war. Sie öffnete die Tür zur Damentoilette und bekam einen gehörigen

Schreck. Das kleine unvergitterte Fenster war aufgehebelt und hing schief in den Angeln.
„So ein Mist!“ entfuhr es ihr. Jetzt bloß nichts anfassen und sofort die Polizei rufen, signalisierte ihr Verstand. Sie wählte 110, unsicher, ob das ein Fall für den Notruf war. Aber egal. Hauptsache, die Polizei kam so schnell wie möglich.
„Leitstelle der Polizei“, meldete sich am anderen Ende der Leitung der diensthabende Beamte. „Was kann ich für Sie tun? Bitte nennen Sie zunächst Ihren Namen!“
„Guten Tag, hier ist Vera Corts. Bei mir wurde heute Nacht eingebrochen“, erwiderte Vera.
„Guten Tag, Frau Corts. Handelt es sich um einen Wohnungseinbruch?“
„Nein, ich betreibe ein kleines Bistro in der Luisenstraße 94 A. Der Einbruch erfolgte vom Hof aus, indem ein Toilettenfenster aufgehebelt wurde.“
„Okay. Ich verständige sofort das zuständige Kommissariat und die Spurensicherung. Warten Sie bitte auf die Kollegen. Sie werden spätestens in einer halben Stunde bei Ihnen sein. Bitte fassen Sie nichts an“, fügte der Beamte noch hinzu und beendete das Telefonat.
Vera schaute auf die Uhr, froh, dass Carlo gleich kommen würde. Sie brauchte jetzt einen Halt. Warum bloß bricht jemand ein und klaut nur die Karteikarten? Ein Spinner! - war für sie die einzig plausible Erklärung. Vielleicht ging es dem Täter ja auch nur um die Adressen, denn Vera pflegte auf die Rückseiten der Karteikarten nach den Speed-Date-Partys Geburtsdatum und Anschrift zu notieren. Das könnte sein. Wollte er auf diese Weise an Single-Adressen kommen? Ziemlich bescheuert!
Sie schaute sich gründlich in den Räumen um. Nichts

deutete auf einen Einbruch hin. Außer dem Karteikasten fehlte nichts. Nicht mal die offene Kassette mit Wechselgeld und Briefmarken hatte der Täter angerührt ... Gut, dass sie wenigstens die Tageseinnahmen im Tresor deponiert hatte.
War aber auch richtig blöd von mir, den Karteikasten draußen zu lassen, dachte Vera. Sonst schließe ich ihn immer mit ein. Warum nicht auch gestern, fragte sie sich und machte sich Vorwürfe, denn es handelte sich schließlich um ziemlich sensible Daten.
Ein paar Minuten später betrat Carlo das Bistro.
„Gott sei Dank, dass du da bist", überfiel sie ihn sogleich, ohne ihm „Guten Morgen" zu wünschen.
„Morgen, Chefin, wo brennt´s denn?" unterbrach er sie.
„Stell dir vor, heute Nacht wurde eingebrochen!"
„Was wurde? Eingebrochen? Man sieht ja gar nichts!" erwiderte Carlo einen Blick auf den Eingangsbereich werfend.
„Nee, kann man auch nicht. Der Täter ist durch das Toilettenfenster eingedrungen!"
„Welcher Trottel hat das denn offen gelassen? Hätte ich vielleicht kontrollieren sollen, bevor..."
„Nein, Carlo, es ist aufgehebelt worden. Du hast keine Schuld", unterbrach sie ihn. „Wann hast du Schluss gemacht?"
„Da muss ich kurz nachdenken. Also die Letzten sind so gegen elf gegangen, Sie vielleicht ne knappe Stunde später ..."
„Bei mir war´s ziemlich genau zwölf. Ich habe noch Kirchenglocken schlagen hören!"
„Dann werde ich so gegen Viertel vor eins abgehauen sein. Ich hab nicht auf die Uhr gesehen." Und nach einer

kurzen Pause fügte er hinzu: „Haben Sie die Bullen schon informiert?“
„Wenn du die Polizei meinst ... ja. Die wird gleich hier sein.“ Kaum hatte sie das gesagt, als einige Personen von der gegenüberliegenden Seite auf das Bistro zukamen.
„Wenn man vom Teufel spricht“, sagte Vera und öffnete die Eingangstür. „Guten Morgen, die Herren!“
„Na, so gut scheint der Morgen ja nicht zu sein, weder für Sie, noch für uns! Aber trotzdem, guten Morgen erst mal!“ erwiderte ein etwa 50 Jahre alter Polizist. Er war klein und untersetzt, hatte dichtes, schwarzes Haar und hinter einer randlosen Brille blitzten zwei strahlende, blaue Augen. Wie auch die Anderen erschien er in Zivil. „Mein Name ist Paul Klee, Hauptkommissar beim Einbruchsdezernat“, stellte er sich vor.
„Wie der Maler?“
„Exakt, dann kennen Sie ja jetzt auch schon meinen Spitznamen.“ Ein allgemeines Grinsen begleitete seinen Kommentar. „Das ist mein Kollege, Oberkommissar Michael Feldt“, dabei zeigte er auf einen sportlich durchtrainierten Mann mit mittelblonden, kurzen Haaren von etwa Mitte dreißig in Jeans und kariertem Freizeithemd. „Und die anderen Kollegen sind von der SpuSi.“
„Mein Name ist Vera Corts“, stellte sich nun auch Vera vor, während die Polizisten eintraten. „Mir gehört das Bistro. Gestern Abend hat hier ein Speed-Dating stattgefunden.“ Ihr Gegenüber zog etwas irritiert die linke Augenbraue hoch, was sie zu einem spitzbübischen Grinsen veranlasste. „Das machen wir einmal im Monat. Sie sind jederzeit herzlich willkommen.“
„Danke, ich bin bedient, äh, ich meine verheiratet“, erwiderte der Hauptkommissar scherzhaft.

Die Leute von der Spurensicherung begannen ihre Arbeit in der Toilette und im Büro, während die beiden Kommissare vom Einbruchsdezernat vorne im Hauptraum Vera und Carlo befragten.

„... es ist also nichts gestohlen worden, außer dem Karteikasten? Merkwürdig! Stellen die Karten denn einen besonderen Wert dar?“ wollte Klee wissen.

„Nein, eigentlich nicht. Aber es handelt sich natürlich um sehr sensible Daten“, antwortete Vera. „Jeder Gast meiner Speed-Date-Partys erhält zu Beginn der Veranstaltung eine Karte, auf der ich zunächst nur seinen Vornamen und den so genannten ‚Nickname‘ geschrieben habe. Außerdem sind in acht Reihen Vorname und ‚Nickname‘ der anderen Teilnehmer vermerkt sowie der Zusatz „ja 0 / nein 0“. Nach jedem Gespräch entscheidet der Teilnehmer, ob seine nur mir bekannte E-Mail-Adresse dem Gesprächspartner weitergegeben werden soll oder nicht, indem er Entsprechendes ankreuzt.“

„Ach, so läuft das. Interessant. Das heißt, ein weitergehender Kontakt zwischen den Teilnehmern entsteht erst, wenn beide sich für ein ‚Ja‘ entschieden haben.“

„Richtig. Genau so. Aber gelegentlich ergibt sich eine erkennbare Sympathie auch schon nach dem eigentlichen Dating, wenn wir hier vorne im Bistro noch zusammensitzen. Wie zum Beispiel gestern Abend. Zwei jüngere Leute sind als Letzte gegangen und ich hatte ganz stark den Eindruck, dass der Abend für beide - wie soll ich sagen - gemeinsam ausklingen würde ...“

„Verstehe! Ja, wir werden ohnehin alle befragen müssen, obwohl die Beiden ja ganz sicher nicht für den Einbruch infrage kommen!“

„Wohl kaum. Die hatten bestimmt Besseres zu tun“, mel-

dete Carlo sich grinsend zu Wort.
„Entschuldigen Sie, Herr Hauptkommissar, ich habe Ihnen Carlo noch gar nicht vorgestellt. Er ist mein Barkeeper und sozusagen meine ‚rechte Hand'!"
„Mancini, Carlo Mancini, eigentlich mehr Mädchen für alles", ergänzte Carlo, lachte und zwinkerte seiner Chefin zu.
„Ja, er ist die gute Seele des Bistros. Auch die Gäste mögen ihn. Wenn Sie irgendwelche Fragen zum täglichen Ablauf haben, wenden Sie sich ruhig an ihn. Wir arbeiten schon längere Zeit zusammen."
„Eines ist mir noch nicht ganz klar geworden", ergriff nun der Oberkommissar das Wort, der bis dahin geschwiegen hatte. „Was will der Täter mit den Karteikarten, wenn darauf nur erkennbar ist, wer von wem ein ‚Ja' oder ein ‚Nein' erhalten hat?"
„Vielleicht ist er so verschroben, dass ihn wirklich nur das interessiert. Dann muss er aber - Verzeihung - mindestens eine Schraube locker haben", antwortete Vera. „Was ich Ihnen allerdings noch nicht gesagt habe, ist, dass ich nach der Veranstaltung auf die eingesammelten Karteikarten, Geburtsdatum, vollständige Anschrift und die E-Mail-Adresse des jeweiligen Teilnehmers notiere."
„Auch gestern?" fragte der Hauptkommissar.
„Ja, auch gestern. Das mache ich üblicherweise erst am nächsten Vormittag. Aber gestern gingen die Gäste überraschend früh. Ich fühlte mich fit und habe deshalb noch schnell den größten Teil meiner Hausaufgaben erledigt."
„Dann möchte ich Sie bitten, mir einen vollständigen Auszug Ihrer Kundendatei zu fertigen, getrennt nach den gestrigen Teilnehmern und Ihren übrigen Kunden, mit allen Daten. Wenn möglich auch mit den Aufzeichnungen,

wie sie sich jeweils zu ihren Gesprächspartnern geäußert haben."
Vera zögerte. „Höchst ungern. Das müssen Sie verstehen. Nicht wegen der Arbeit. Das ist nicht so schlimm, weil ich entsprechende Excel-Dateien angelegt habe, die ich nur ausdrucken muss. Aber schließlich ist Diskretion in unserem Metier oberstes Gebot!"
„Ich verstehe Sie voll und ganz, aber wir müssen damit rechnen, dass wir es hier möglicherweise doch mit einem Psychopathen zu tun haben und da ist jeder Hinweis wichtig!"
„Na gut, dann ist mein Wochenende ja schon ausgebucht", seufzte Vera resignierend. „Carlo, dann wirst du den Laden wohl fast alleine schmeißen müssen", fügte sie an ihren Barkeeper gewandt hinzu. „War´s das?"
„Eine Frage hätte ich noch. Gibt es eine Altersbegrenzung?"
„Ja, nach unten und nach oben. Bei mir gibt es zwei Altersgruppen. Die eine Veranstaltung ist für die 20- bis 50-jährigen, so wie gestern, die andere für die 40- bis 70-jährigen", erwiderte Vera.
„Das heißt aber doch, dass die 40- bis 50-jährigen wählen können, welche Party sie besuchen wollen. Warum das?"
„Gerade in dieser Altersgruppe, ich nenne es mal das ‚Midlife-Krisen-Segment', gibt es ausgeprägte ‚Jungbrunnen-Aspiranten', die in der zweiten Kategorie völlig fehl am Platze wären. Und umgekehrt gibt es in diesem Alter Personen, denen, wie soll ich es nennen, der ‚Jugendwahn' ein Dorn im Auge ist. Die wären in der ersten Kategorie schlecht aufgehoben", erklärte Vera.
„Gut, Frau Corts, verstehe. Das wär´s dann auch für´s Erste. Haben Sie jemanden an der Hand, der Ihnen auf die

Schnelle - zumindest notdürftig - das Toilettenfenster repariert, wenn die Jungs von der SpuSi fertig sind?"
Vera nickte mit dem Kopf. „Ja, der Mann einer Freundin von mir ist Schreiner. Hab ihn schon angerufen."
„Noch eins. Kommen Sie doch bitte mit Herrn Mancini am Montag um 14.00 Uhr ins Polizeipräsidium in die Friedrich-Engels-Allee, um das Protokoll zu unterschreiben. Vielleicht haben wir ja auch noch ein paar Fragen. Die Ergebnisse der SpuSi liegen dann sicherlich schon vor. Ist 14.00 Uhr okay?"
„Geht in Ordnung, passt uns gut. Montags haben wir ohnehin geschlossen."
„Nehmen Sie das mit dem Einbruch nicht so tragisch. Ist ja nichts weiter passiert. Wollen wir hoffen, dass es nur ein harmloser Spinner ist."
„Und wenn nicht?" fragte Vera jetzt doch etwas beunruhigt. „Es könnte ja auch ein Irrer sein, der irgendwelche Wahnvorstellungen hat und ganz und gar nicht harmlos ist", fügte sie mit ernstem Gesicht hinzu.
„Sie sollten sich jetzt wirklich nicht unnötig Sorgen machen", versuchte Klee, sie zu beschwichtigen.
„Ich hoffe nur, dass Sie Recht haben."
„Das hoffe ich auch! Schon weil Ihnen die Sorgenfalten überhaupt nicht stehen", meinte er aufmunternd.
„Netter Versuch, mich zu beruhigen. Aber stimmt schon. Man sollte nicht gleich das Schlimmste annehmen!" erwiderte Vera und begleitete die beiden Kommissare zur Tür, wo sie sich von ihnen verabschiedete.
Nachdem eine Stunde später auch die Männer von der Spurensicherung mit ihren Aluminium-Koffern abgezogen waren, machten Vera und Carlo es sich erst einmal bequem. Bis zur üblichen Öffnung um drei blieb ja noch ein

wenig Zeit und es gab eigentlich keinen Grund, das Bistro heute geschlossen zu halten, denn gerade der Samstag lief immer besonders gut. Der Schreiner, der einen Holzrahmen einsetzen sollte, hatte sich erst für 14.00 Uhr angesagt.
Zum Kaffee nahm jeder einen Grappa. Beide unterhielten sich über das Vorgefallene, streiften den gestrigen Abend und gingen dann ihrer Arbeit nach. Carlo bereitete alles für die Öffnung des Bistros vor und Vera begann mit der Zusammenstellung der Kunden-Datei.

Ziegenburg 3,
Samstag, 9. Mai, 9.55 Uhr

„Frühstück!“ brüllte eine Stimme wie aus weiter Ferne. Durch die aufgerissene Tür drang grelles Licht herein. Welcher Idiot hat denn da das Radio auf volle Lautstärke aufgedreht? Und was sollen diese Scheinwerfer? Niko war nicht in der Lage, die Dinge um sich herum, richtig einzuordnen. Er musste sich erst einmal sammeln, denn er fühlte sich schlapp, kaputt und müde. Er war es einfach nicht gewohnt, so spät schlafen zu gehen. Er gähnte herzhaft und schleppte sich ins Bad, um wenigstens seine Zähne zu putzen, bevor er sich an den bereits gedeckten Frühstückstisch setzte.
„Na, du Casanova, muss ja ziemlich spät gewesen sein! Ich hab dich nicht mehr kommen gehört.“
„Mmh“, kam es einsilbig zurück.
„Na, dann trink erst mal ne Tasse starken Kaffee, dann sieht die Welt schon wieder besser aus! Noch irgendwelche Erinnerungen an den gestrigen Abend?“
„Mojito“, stieß Niko hervor.
„Seltsamer Name für eine Frau, oder bist du über Nacht schwul geworden?“
„Quatsch! Das ist der Name des Cocktails!“
„Und hing da auch noch eine Frau dran?“
„Jaaa ... Sann-dra“, hauchte Niko unmissverständlich schwärmerisch, so dass Markus sofort klar war, es hatte seinen Wohnungsgenossen erwischt.
„Und habt ihr ... ?“
Niko schnitt ihm das Wort ab. „Du kennst Sandra nicht, das ist keine Frau für eine Nacht!“
Er schilderte den Verlauf des gestrigen Abends und Mar-

kus hütete sich, irgendwelche anzüglichen Bemerkungen zu machen. Offensichtlich war das Speed-Dating für seinen Kollegen ein voller Erfolg gewesen.

„Wenn ich dich richtig verstehe, werdet ihr euch wiedersehen?"

„Wie kannst du so was fragen? Natürlich sehen wir uns wieder. Spätestens am nächsten Wochenende! Vielleicht auch früher. Sie hat mir ihre Telefonnummer gegeben. Ich muss sie nachher gleich mal anrufen!"

„Bloß nicht!"

„Wieso nicht? Klar, rufe ich nachher an!"

„Darf ich dir mal einen Tipp so von Mann zu Mann geben?"

„Nur zu!"

„Wenn du sie heute anrufst, dann macht sie mit dir den Molly!"

„Versteh ich nicht. Wie meinst du das?"

„Denk doch mal nach! Im Moment ist sie noch unsicher. Sie weiß nicht, ob du sie magst."

„Natürlich weiß sie das. Ich hab´s ihr doch gesagt!"

„Du kapierst überhaupt nichts. Glaub mir. Egal, was du ihr gesagt hast, momentan ist sie unsicher. Sie hofft, dass ihr euch wiederseht, aber sie ist sich nicht sicher, ob auch du das willst."

„Und woher will ‚Mister Schlaumeier' das wissen? Du kennst sie doch gar nicht!"

„Muss ich auch nicht! Frauen ticken nun mal so. Glaub mir! Wenn du jetzt - also heute - schon anrufst, weiß sie, dass sie dich am Haken hat ..."

„Und was ist daran so schlimm?"

„Mensch, Niko, überleg doch mal. Erinnerst du dich an das Kapitel Motivation während unserer Trainee-Aus-

bildung?"
„Was hat das jetzt mit unserer Ausbildung zu tun?"
„Ne Menge! Weißt du noch, wie das Zauberwort hieß? Bedarfsweckung! Bei dem Anderen muss der Bedarf geweckt werden. Du musst ihm suggerieren, dass er etwas ganz Bestimmtes unbedingt haben will. Kapierst du, was ich meine? Der Andere muss ganz heiß darauf sein!"
„So langsam kapier ich´s. Du meinst also, ich muss mich ein bisschen rar machen?"
„Bingo! Geschnallt!"
„Das heißt erst morgen anrufen?"
„Nee, gar nicht!"
„Das halt ich nicht aus!"
„Gut. Wenn´s unbedingt sein muss, dann rufst du sie eben an. Aber nicht vor nächsten Freitag!"
„Du bist ein Sadist!"
„Kann ich mit leben. Hauptsache, du packst das richtig an. Und ich verspreche dir, es wird klappen!"
„Wenn du meinst", antwortete Niko mit viel Resignation in der Stimme. „Wehe es geht schief, dann kannst du was erleben!"
„Vertrau mir! Es klappt!"

Polizeipräsidium Wuppertal, Montag, 11. Mai, 12.00 Uhr

Im kleinen Konferenzsaal des Präsidiums herrschte Gedränge und gespannte Erwartung bei den anwesenden Journalisten. Durchgesickert war bereits, dass keine übliche Pressekonferenz geplant sei, sondern dass es um die Bekanntgabe eines Kapitalverbrechens gehen würde. Dr. Jens Riewers, der amtierende Polizeipräsident, betrat den Saal durch eine Nebentür hinter dem Rednerpult. „Sehr geehrte Damen und Herren“, begann er unverzüglich mit ernster Miene und machte eine kurze Pause, die ihre Wirkung nicht verfehlte. Das eben noch herrschende Stimmengewirr erstarb.

„Es ist ein sehr trauriger Anlass, weshalb ich Sie kurzfristig hierher gebeten habe. Gestern Nachmittag wurde in Wuppertal-Vohwinkel eine 36-jährige Frau tot in ihrer Wohnung aufgefunden. Sie ist erstochen worden. Der Täter hat mehrfach zugestoßen.“

Dr. Riewers ergänzte diese kurze Information über die Tat noch durch die Bekanntgabe einiger weniger Details. Insgesamt hielt er sich allerdings ziemlich bedeckt. Erste Zwischenrufe folgten. Unruhe machte sich erneut breit. Die Journalisten waren ganz und gar nicht damit einverstanden, dass sie nur so wenig erfuhren. Den für einige von ihnen doch eher weiten Weg ins Präsidium hatten sie nicht zurückgelegt, um so dürftig abgespeist zu werden. Schließlich waren Kapitalverbrechen - wie jetzt die Ermordung einer Frau - in Wuppertal nicht alltäglich.

Mit leicht erhobenen Händen, als wolle er etwas abwehren, rief Dr. Riewers die versammelten Journalisten zur Ordnung. „Bitte, meine Damen und Herren! Bitte haben

Sie Verständnis, wenn der Leitende Oberstaatsanwalt und ich aus ermittlungstaktischen Gründen zum jetzigen Zeitpunkt keine Fragen beantworten werden", sagte er mit Nachdruck. „Das entspricht sicherlich nicht den üblichen Gepflogenheiten. Aber uns ist klar, dass wir es hier offensichtlich auch nicht mit einem gewöhnlichen Fall zu tun haben."

„Umso mehr muss Ihnen daran gelegen sein, uns hier und jetzt umfangreich zu informieren", rief einer der an der Eingangstür stehenden Journalisten dazwischen.

„Seien Sie versichert, dass wir Sie so früh wie möglich über alles Wissenswerte unterrichten werden. Aber zum jetzigen Zeitpunkt werden wir keine weiteren Angaben machen. Auch zur Identität der Toten und zum vermutlichen Tathergang wollen wir uns momentan noch nicht äußern. Vielen Dank."

Es entstand ein tumultartiges Durcheinander. Fragen der Journalisten schwirrten durch den Raum. Ein Blitzlichtgewitter erhellte den Raum. Aber keine der Fragen wurde beantwortet. Der Präsident und der Leitende Oberstaatsanwalt verschwanden durch die Tür, die sich sofort hinter ihnen wieder schloss, und vor der sich ein hünenhafter Beamte in Zivil postierte.

Zurück blieben zahlreiche unentschlossene Journalisten, die eifrig zu spekulieren begannen. Schließlich zogen sie doch nach und nach mit den kargen Informationen ab, um eventuell eine Story aus Dichtung und Wahrheit zusammenzubrauen. Einige machten sich allerdings auf den Weg nach Vohwinkel in der Hoffnung, vielleicht dort Näheres zu erfahren. Oft waren solche Nachrichten - schneller als der Polizei lieb sein konnte - in aller Munde und heizten die Gerüchteküche an.

Polizeipräsidium Wuppertal,
Montag, 11. Mai, 14.00 Uhr

Vera holte Carlo Viertel vor zwei mit ihrem roten Mazda Sportcoupé in der Augustastraße ab, wo er in einer kleinen Dachgeschosswohnung in einem in den 50er-Jahren erbauten Mehrfamilienhaus zur Miete wohnte. Er selbst hatte kein Auto und setzte auf die öffentlichen Verkehrsmittel.

Der Termin passte beiden gut. Denn montags blieb das Bistro generell geschlossen.

„Hast du das auch in den Nachrichten gehört, Carlo?" hatte sie ihn gleich beim Einsteigen überfallen.

„Was meinen Sie, Chefin? Den Mord?"

„Was soll ich denn sonst meinen? Natürlich den Mord! Kommt ja schließlich in Wuppertal nicht alle Tage vor!"

„Ja, ich hab´s in den 13.00-Uhr-Nachrichten im Radio gehört. Schreckliche Kiste! Aber viel haben die Bullen ja noch nicht rausgelassen. Vielleicht erfahren wir ja im Präsidium was", meinte Carlo in seiner etwas schnodderigen Art.

„Das glaube ich kaum. Wenn die eine Nachrichtensperre verhängt haben, dann werden sie die auch nicht so schnell wieder aufheben!"

Inzwischen hatten sie das Polizeipräsidium erreicht. Wegen der schlechten Parkmöglichkeiten fuhr Vera auf den schräg gegenüber liegenden ALDI-Parkplatz.

„Machen Sie das immer so, oder wollen Sie wirklich was einkaufen?" grinste Carlo seine Chefin an.

„Gewusst wie. Außerdem genießen wir Polizeischutz!" konterte Vera mit spitzbübischem Lächeln.

Es war Punkt zwei, als sie das Präsidium betraten. Sie

nannten den Grund ihres Besuches. Nach der telefonischen Anmeldung durch den Portier passierten sie die Personenschleuse und wurden von Oberkommissar Feldt in Empfang genommen.
„Schön, dass Sie da sind. Hier ist momentan der Teufel los. Haben Sie vermutlich auch schon gehört, die Sache mit dem Mord in Vohwinkel, oder?“
„Ja, in den Nachrichten“, bestätigte Vera. „Furchtbare Sache. Dagegen ist der Einbruch in unser Bistro ja gar nichts!“
„Stimmt, aber damit müssen wir uns eben auch beschäftigen. Bin ganz froh, nicht im Mord-Dezernat zu sein. Die Leiche muss ja...“. Hier stoppte der Oberkommissar abrupt. „Tschuldigung, aber dazu darf ich ja gar nichts sagen! Sie wissen schon. Nachrichtensperre und so!“
Inzwischen hatten sie das Büro von Hauptkommissar Klee erreicht. Die Begrüßung durch ihn war herzlich, wie gegenüber alten Bekannten. Dann begann er ohne Umschweife seinen Bericht.
„Leider habe ich keine guten Nachrichten für Sie. Der Täter ist ziemlich professionell vorgegangen. Offensichtlich hat er einen sogenannten Kuhfuß benutzt. Das ist eine Art Brecheisen, mit dem Einbrecher schlecht gesicherte Türen und Fenster aufhebeln. Ein Kinderspiel!“
„Und hat er Fingerabdrücke hinterlassen?“ fragte Carlo neugierig.
„Nein, wie schon gesagt, das war professionelle Arbeit!“
„Passt dann aber gar nicht zu einem Spinner oder einem Psychopathen, wie Sie vermutet haben ...“, fiel Vera ihm ins Wort.
„Doch gerade die sind dann oft erstaunlich gründlich und entwickeln einen systematischen Plan und auch eine

ausgereifte Logistik. Das könnte erst der Anfang gewesen sein", antwortete Klee. „Aber ich will nicht schwarz malen. Vielleicht ist ja auch alles ganz harmlos und er hatte einfach nur Angst vor Entdeckung!"
„Was wir von Ihnen beiden aber noch benötigen, sind Ihre Fingerabdrücke", schaltete sich nun Oberkommissar Feldt ein. „Wir gehen davon aus, dass die in Ihrem Büro genommenen Abdrücke ausschließlich von Ihnen beiden stammen. Das wird der Abgleich sicherlich bestätigen."
Vera und Carlo unterschrieben das Protokoll, in dem ihre Aussagen von Samstagmorgen über den Verlauf des vorangegangenen Abends festgehalten worden waren.
„Haben Sie sonst noch Fragen an uns, oder war´s das schon?" fragte Vera die Kommissare.
„Nein, von unserer Seite aus ist das alles", antwortete Klee. „Und vielen Dank für die Dateien. Das war ja ein ganz schönes Stück Arbeit. Tut mir leid, aber es musste sein. Jetzt sind wir am Drücker. Über 200 Namen. Das bedeutet Überstunden. Mal sehen, wie viele im Raster hängen bleiben."
Nach einer kurzen Pause fiel ihm noch etwas ein. „Haben Sie Ihre Versicherung schon verständigt?"
„Ja, gleich heute Morgen habe ich meinen Makler angerufen, der das für mich erledigt."
„Gut dann sind wir hier fertig. Mein Kollege bringt Sie noch zur KTU, wo man Ihnen die Fingerabdrücke abnehmen wird. Wenn sich im Laufe der Ermittlungen noch Fragen ergeben sollten, rufen wir Sie an. Und wenn wir ihn haben, verständigen wir Sie selbstverständlich sofort!"
„Wieso gehen Sie eigentlich immer davon aus, dass es sich um einen Täter handeln muss? Es könnte doch ebenso gut auch eine Frau gewesen sein!" meinte Vera

im Hinausgehen.
„Eher unwahrscheinlich. Solche - wie soll ich sagen - psychischen Defekte treten eigentlich nur bei Männern auf. Okay, ganz außer Acht lassen dürfen wir die Möglichkeit natürlich nicht, dass es sich auch um eine Täterin handeln könnte. Aber ich denke, dass wir uns in Ihrer Datei zunächst mal nur die Männer vorknöpfen werden."
Sie verabschiedeten sich von Hauptkommissar Klee. Nachdem ihnen anschließend die Fingerabdrücke abgenommen worden waren, verließen sie das Präsidium und fuhren ins Parkhaus ‚Am Kasinogarten', wo Vera einen Jahresparkplatz gemietet hatte. Carlo wollte noch zur Sparkasse, sich bei Intersport ein paar neue Joggingschuhe kaufen und ansonsten seinen freien Tag genießen. Vera ging ins Bistro. Sie musste noch die Tagespost durchsehen und ein paar Online-Überweisungen tätigen, wozu sie wegen der unvorhersehbaren Ereignisse nicht wie geplant gekommen war.

Gabriels Wohnung,
Dienstag, 12. Mai, 6.50 Uhr

Gabriel war am Abend zuvor außergewöhnlich früh zu Bett gegangen. Nach seinem Abendgebet hatte er noch fast zwei Stunden in dem Werk ‚Menschliches, Allzumenschliches' gelesen. Nietzsches Konzept des Übermenschen war ihm erstmals in ‚Also sprach Zarathustra' begegnet und hatte ihn seitdem nicht mehr los gelassen. Noch als Schüler hatte er sich vor Jahren zunächst mit dem ‚homme supérieur' in den Philosophischen Schriften von Claude Adrien Helvétius auseinandergesetzt, sich aber von ihm abgewandt, weil dessen Atheismus nicht in Einklang zu bringen war mit seinem eigenen fanatischen Glauben an Gott. Aber vom Konzept des Übermenschen blieb er fasziniert.

Gegen Mitternacht fiel Gabriel das Buch schließlich aus der Hand. Bis zum frühen Morgen schlief er tief und fest. Von Ferne hörte er die Kirchturmuhr fünf mal schlagen und glitt - wie so oft in letzter Zeit - hinüber in einen Zustand zwischen Traum und Wirklichkeit. Sein ganzer Leidensweg bis kurz vor seinem vierzehnten Geburtstag zog in Bildern und kurzen Episoden wie im Zeitraffer an ihm vorüber. Es war eine Zeitreise in die Vergangenheit. Wieder und wieder von schrillen, markerschütternden Schreien begleitet tauchten die Ereignisse aus der Tiefe seiner Erinnerung empor. Und immer begann die Zeitreise mit demselben Bild.

Er sah sich als Zwölfjähriger am Grab seiner Mutter stehen. Sie, die er liebte, wie keinen anderen Menschen

auf der Welt, hatte ihn verlassen. War aus Verzweiflung freiwillig aus dem Leben geschieden und hatte ihn allein zurückgelassen. Allein mit einem schwachen Vater und einer herrischen Witwe, die die Wohnung nebenan mit ihrer Tochter Maria bewohnte, die nur ein halbes Jahr älter war als er selbst.
Auf dem nächsten Bild, das er vor sich sah, war er dreizehn. Das Trauerjahr war vorüber. Die Nachbarin hatte ihre Wohnung aufgegeben, war mit Maria zu ihnen gezogen und hatte seinen Vater geheiratet.

Gabriel warf sich unruhig hin und her. Er stöhnte laut auf, als ergriffe ihn eine unbändige Furcht vor dem, was sich nun unausweichlich seiner bemächtigen würde, die Erinnerung an Maria, die Erinnerung an unerfüllte Träume.

So sehr er seine Stiefmutter auch hasste, der er die Schuld am Freitod seiner Mutter gab, so sehr fühlte er sich doch zu ihrer Tochter Maria hingezogen. Sie spürte seine Zuneigung, sein Verlangen, aber auch seine Scham. Und sie kostete ihr Wissen um seine Gefühle aus. Sie besaß den lolitahaften Instinkt einer Kind-Frau und machte ihn zum Spielball ihrer Wünsche, indem sie seine Hoffnung nährte. Wann immer der Zufall es wollte, gönnte sie ihm den Anblick ihrer voll entwickelten, großen Brüste. Und gelegentlich half sie dem Zufall auf die Sprünge. Im Bad verrutschte das Handtuch, wenn sie aus der Dusche stieg. Im Wohnzimmer suchte sie mit nur spärlich zugeknöpfter Bluse auf dem Fußboden nach scheinbar Verlorenem, wenn er in ihrer Nähe war. Oder sie stürmte mit nur einem Slip bekleidet in sein Zimmer und mimte Überraschung, ihn anzutreffen. Maria ging ihm nicht mehr aus dem Sinn.

Sie beherrschte seine Gedanken und sein Handeln. Sie war die Herrin seiner Träume. Aber die Befriedigung, die er durch sie erlangte, war immer nur von kurzer Dauer. Er wollte nicht nur das Bild von ihr in seinen nächtlichen Phantasien, er wollte sie selbst.
Maria wusste um seine Seelenqualen und verstand, sie für sich zu nutzen. Er war ihr Sklave, ihr verschwiegener Sklave. Indem er tat, was sie ihm auftrug, war er ihr nah und konnte hoffen, ihr irgendwann noch näher zu sein oder gar von ihr erhört zu werden. Er wurde zum Boten zwischen ihr und ihren zahlreichen Liebhabern, von deren Existenz seine Stiefmutter und sein Vater nichts wissen durften und dank seiner Vorsicht und Diskretion auch nichts erfuhren. Wenn sie ihn brauchte, war er da. Wenn es nötig war zu lügen, log er für sie. Wenn sie bei einem ihrer Liebhaber war, litt er still vor sich hin. Wie ein geprügelter Hund, seinem Frauchen treu ergeben.

Gabriel drehte sich auf den Bauch, presste seinen Kopf in das Kissen und hielt sich mit ihm die Ohren zu, als könne er so alles abwehren, was sich seiner halbwachen Sinne bemächtigte. Dann - wie um die Bilder abzuwehren, die er doch nicht verhindern konnte - stemmte er seine gespreizten Hände in die Luft, der Last entgegen, die ihn zu erdrücken drohte.

Es war an einem Sonntagmorgen im Hochsommer, zwei Tage vor seinem vierzehnten Geburtstag. Sein Vater und seine Stiefmutter hatten gerade die Wohnung verlassen, um wie üblich in die Kirche zu gehen. Maria hatte ihm aufgetragen, sie sofort danach zu wecken, denn sie wollte die Zeit zu einem Schäferstündchen im Freien nutzen, wie sie ihm am Abend zuvor unverblümt offenbart hatte. Behutsam betrat er ihr Zimmer, ohne anzuklopfen. Sie lag bloß gestrampelt völlig nackt auf ihrem Bett, wie er sie noch nie gesehen hatte. Er setzte sich vorsichtig auf einen davor stehenden Hocker, ohne dass sie erwachte. Sein Blick glitt über ihren makellosen jungen Körper hinauf zu ihren steil aufgerichteten Brüsten. Er spürte, wie sie ihn erregte und wie sein Verlangen wuchs. Als er seine Hose öffnete und sein erigiertes Glied umfasste, schlug sie die Augen auf. Er erschrak und glaubte, sie würde schreien.

Hätte sie geschrien, er hätte es ertragen. Aber sie schrie nicht. Hätte sie geflucht und ihn hinausgeworfen, er hätte auch das ertragen. Aber sie warf ihn nicht hinaus. Sie sah ihn an und lachte gellend. Sie lachte ihn aus. Sie hörte überhaupt nicht auf zu lachen. Das ertrug er nicht.
Mit aller Kraft presste er ihr seine Hände auf Mund und Nase. Sie rang nach Luft, stierte ihn mit weit aufgerissenen Augen an, strampelte mit den Beinen wild in der Luft herum, packte gleichzeitig seine Handgelenke und versuchte seine Hände wegzureißen. Doch unerbittlich drückte er nur noch fester zu. In einem letzten Aufbäumen kratzte sie ihn an seinen Oberarmen und versuchte, ihm ihre Finger in die Augen zu stechen. Doch dann erlahmte ihre Kraft. Ein Zucken durchlief ihren Körper, als ob die Seele entflohen sei. Stille herrschte. Er ließ von ihr ab, sah in ihr vom Todeskampf gezeichnetes, angstverzerrtes Gesicht und schien nicht zu begreifen, was geschehen war. Mit einem herzzerreißenden Schrei packte er ihre Schultern und schüttelte sie, als ob er sie aus tiefem Schlaf erwecken könne.

Sein Vater und seine Stiefmutter fanden ihn nach dem Kirchgang, wie er zusammengekauert vor Marias Leiche kniete und inbrünstig betete. Immer wieder stammelte er die Worte: „Oh, mein Gott, was hab ich nur getan? Wie konnte ich das bloß tun?“ Die Tränen ergossen sich über sein knabenhaftes Gesicht, das er in seinen Händen vergrub. Er flehte Gott an und bettelte: „Bitte, bitte, lieber Gott, hilf mir! Schick mich nicht ins Gefängnis! Alles, was du von mir verlangst, will ich tun. Ich werde dein treuer Diener sein! Aber bitte schick mich nicht ins Gefängnis!“ Sein Vater war wie vom Donner gerührt. Unfähig, irgendetwas zu sagen stand er - wie zur Salzsäure erstarrt - am Fußende von Marias Bett, wollte und konnte nicht verstehen, was er sah. Seine Stiefmutter hingegen stürzte sich auf ihn, schlug erbarmungslos mit ihrer Handtasche auf ihn ein und schrie immer wieder: „Du Mörder, du perverses Schwein! Im Gefängnis sollst du verrecken und deine Sünden in der ewigen Hölle büßen!“

Immer noch im Zustand zwischen Traum und Wirklichkeit wälzte Gabriel sich erneut hin und her, sah das fratzenhaft verzerrte Gesicht seiner Stiefmutter. Gelegentlich schrie er voller Entsetzen auf, aber die Vergangenheit hielt ihn fest in ihren Klauen. Sie erbarmte sich seiner nicht, ließ ihn nicht in die Gegenwart entfliehen. Unerbittlich presste die Vergangenheit ihn nieder auf sein Laken, ließ auch noch die Zeit der nächsten beiden Jahre nach Marias Tod episodenhaft an ihm vorüberziehen.

Anfangs glaubte er, Gott habe sich seiner erbarmt und sei ihm gnädig gewesen: „Du hast meine Gebete erhört und mich nicht ins Gefängnis werfen lassen, lieber Gott. Da-

für danke ich dir und schwöre bei meinem Leben, künftig nur noch dir zu dienen. Wann immer du mich brauchst, werde ich da sein, um deinen Willen auf Erden zu vollziehen", endeten von nun an seine Gebete, wann immer er seinen Herrn anrief.
In seiner Beichte, die er drei Tage nach der Tat ablegte, hatte der Pfarrer ihm zu erklären versucht, dass ihm die Gnade der späten Geburt zuteil geworden sei. Den Sinn dessen hatte er nie verstanden und die Worte des Pfarrers auch bald vergessen. Im Gedächtnis aber geblieben war ihm der Satz, der immer wieder laut und vernehmlich wie ein Fanfarenstoß aus weiter Ferne an sein Ohr drang: „Nicht verantwortlich für sein Tun!" Die vom ermittelnden Kommissar ausgesprochenen Worte, die ihm das Gefängnis ersparen sollten.
Die Freiheit wurde ihm dennoch genommen. Die Mauern blieben ihm nicht erspart. Zumindest empfand er es so. An die Stelle des Staates war die Kirche getreten. Sein Gefängnis wurde ein nur Jungen zugängliches Jesuiten-Internat im tiefsten Niederbayern. Hierhin hatte seine Stiefmutter ihn - den Mörder ihrer Tochter, wie sie nicht aufhörte, ihn zu nennen - gegen den Willen seines Vaters verbannt. Sein Vater war zu schwach, sich ihrem Willen zu widersetzen. So fehlte ihm auch die väterliche Liebe, die ihn hätte zur Umkehr bewegen können.
Er wandte sich ab von den Menschen, mehrte seinen Glauben in der Hinwendung zu Gott und unterwarf sich ihm völlig. Begierig las er die Heilige Schrift. Das erste Kapitel des Lukas-Evangeliums wurde sein ganz persönliches Glaubensbekenntnis. Alles, was in ihm über die Jungfrau Maria geschrieben stand, sog er in sich auf. Sie war für ihn der Inbegriff der Reinheit. Der Gegensatz zu

der weltlichen Maria, die ihn geknechtet hatte und die für ihn zum Sinnbild der Verderbnis geworden war. Ihr Tod war nur Gerechtigkeit, Sühne für all die Sünden, die sie begangen hatte. Und so schwor er auf die Bibel, wann immer Gott ihm den Befehl geben würde, die Sünderinnen von ihren Sünden zu befreien, der Gerechtigkeit zum Sieg zu verhelfen. Von Stund an sah er sich als Bote und Racheengel Gottes und gab sich den Namen Gabriel.

Nach dieser Nacht voller Angst und Seelenqual, in der sein Leidensweg einmal mehr zwischen Traum und wachen Phasen an ihm vorübergezogen war, wachte Gabriel schweißgebadet auf. Sein Nachthemd, das er trug, war feucht und kalt. Das Bettlaken war vom Schweiß durchtränkt. Er fühlte sich wie gerädert.

Als er wieder in der Wirklichkeit angekommen war, stand er auf und duschte. Lange stand er unter dem warmen Wasserstrahl. Danach duschte er sich kalt ab, rieb sich mit einem groben Handtuch trocken und legte sein Büßerhemd an.

Er ging zum Altar und kniete nieder. Noch beladen von den traumdurchwirkten Bildern seiner Jugend, die sich in seine Seele gebrannt hatten und zentnerschwer auf ihr lasteten, wollte er Buße tun und flehen, dass auch denen vergeben wird, die wie er gesündigt hatten, aber nicht Buße tun wollten. Er hob sein Haupt, schaute in das Antlitz Jesu und begann laut zu beten: „Oh Herr, ich habe gesündigt. Darum spreche ich mich schuldig und tue Buße in Staub und Asche." Er verharrte einen Moment in dieser Pose, senkte demütig den Blick, sprach Sätze aus dem Lukas-Evangelium und ergänzte mit eigenen Worten, was ihn bewegte: „Also wird auch Freude im Himmel sein über einen Sünder, der Buße tut, vor neunundneunzig Gerechten, die der Buße nicht bedürfen. Ich habe ihr Zeit gegeben, dass sie sollte Buße tun für ihre Hurerei; und sie tat nicht Buße. Und auch die übrigen Leute taten nicht Buße für die Werke ihrer Hände. Oh Herr, mein Gebieter, verzeih ihnen, wie du auch mir verziehen hast. Höre sie an, auch wenn sie nicht Buße tun. Wenn du, Herr, es willst, werde ich sie mit deiner Hilfe auf den richtigen Weg geleiten. Die Sünden, die sie begangen, sollen gesühnt werden. Du hast mich auserwählt, ihre Sünden durch den Tod zu sühnen. Ich werde dein folgsamer Diener sein!“

Polizeipräsidium Wuppertal,
Dienstag, 12. Mai, 9.20 Uhr

Das Besprechungszimmer der Mordkommission platzte aus allen Nähten. Aus den benachbarten Räumen waren zusätzliche Stühle herangeschafft worden, damit wenigstens jedes Mitglied der inzwischen einberufenen Sonderkommission eine Sitzgelegenheit hatte.

Nach erster Einschätzung ließ die grausame Ausführung der Tat darauf schließen, dass als Motiv Rache oder Eifersucht in Betracht kamen. Außerdem stand zweifelsfrei fest, dass bei der Tat ein - seit der Novelle des Waffengesetzes im September 2004 in Deutschland verbotenes - Faustmesser benutzt worden war.

„Meine Damen, meine Herren“, eröffnete der Leitende Oberstaatsanwalt, Herr Dr. Arnold Wehmayer, mit leichter Verspätung seine für neun Uhr einberufene Besprechung. „Die wesentlichen Fakten sind Ihnen allen bekannt. Ergänzen möchte ich die neuesten Details, damit Sie alle auf demselben Stand sind. Die Tat wurde grausam und mit offensichtlich großer Wut durch eine größere Anzahl von Stichen ausgeführt. Sämtliche Stiche verteilen sich auf den Bereich beider Brüste, überwiegend aber auf die Herzgegend. Die linke Brust wurde geradezu - ich muss es so drastisch formulieren - zerfetzt. Als Tatwaffe wurde ein Faustmesser verwendet. Und das ist in zweierlei Hinsicht interessant.

Vor ziemlich genau drei Jahren, Ende April 2006, wurde in Gerresheim, also in der näheren Umgebung von Düsseldorf, Jadwiga Wieniawski, eine 29-jährige junge Polin ebenfalls mit einem Faustmesser umgebracht. Der Täter - oder die Täterin - wurde bis heute nicht gefasst.

Die Verwendung eines Faustmessers mag Zufall sein. Aber statistisch gesehen ist die Zahl der Fälle, in denen ein solches Messer als Mordwerkzeug benutzt wurde, verschwindend gering. In der deutschen Nachkriegsgeschichte sind derartige Fälle kaum bekannt. Das mag daran liegen, dass diese Art von Messern fast nie von Männern verwendet wurden. In erster Linie dienten sie Frauen wegen ihrer Handlichkeit und der Möglichkeit, sie weitestgehend in der Handfläche zu verbergen, als Verteidigungswaffe. Außerdem wird durch die Rechtwinkligkeit der Klinge zum Griff die Stoßkraft, die bei einer Frau oft der Schwachpunkt bei ihrer Verteidigung ist, deutlich erhöht.
Was ich damit sagen will? ... Wir müssen auch ins Kalkül ziehen, dass beide Taten von Frauen, vielleicht sogar von derselben Frau begangen wurden.
Für die Theorie, dass eine Frau zumindest den letzten Mord begangen haben könnte, spricht das - fast zärtlich zu nennende - Arrangement von zwei Blumen in den gefalteten Händen: Eine weiße Lilie und eine rosafarbene Rose. Um den Hals der Leiche war eine weiße dünne Schnur hinter dem Hals verknotet. An ihr hing eine im oberen linken „D“ gelochte Herz-Dame-Spielkarte.
Wir haben die starke Vermutung, dass der Täter oder die Täterin uns dadurch eine Botschaft zukommen lassen will. Aber noch tappen wir völlig im Dunkeln. Wir bitten Sie deshalb auch inständig, jede Deutung, die Sie dem Tatgeschehen beimessen, uns wissen zu lassen. Scheuen Sie sich nicht, auch wenn Sie selbst Ihre Vermutung für abstrus halten sollten. Und noch eins. Die erste und die zweite Tat unterscheiden sich in zwei Punkten gravierend: Beim ersten Mord gab es lediglich drei Einstiche und es hatte den Anschein, als wäre das Verbrechen in

großer Eile durchgeführt worden. Ganz anders als beim jetzigen Mord. Beiden Fällen wieder gemeinsam ist, dass nichts entwendet wurde“, beendete er seinen Bericht sichtlich betroffen.

Allgemeines Gemurmel machte sich unter den Zuhörern breit. Der Staatsanwalt ließ sie gewähren, denn vorher hatten alle gespannt seinen Vortrag verfolgt. Jetzt mussten sie sich - nach seinen Ausführungen, die für manchen neue Erkenntnisse gebracht hatten - erst einmal untereinander austauschen.

„Haben Sie zu dem Sachverhalt bis dahin noch Fragen?“ forschte er dann nach zwei, drei Minuten in die Runde, nachdem die Gespräche zwischen den Kollegen wieder abgeebbt waren.

„Ist die Nachrichtensperre jetzt aufgehoben?“ meldete sich Kirsten Knoop, eine junge Kommissarin mit hellblond gefärbtem Pagenkopf.

„Nein, derzeit noch nicht, vor allem, weil wir noch nicht sämtliche kriminaltechnischen Untersuchungen abgeschlossen haben.“

„Aber verhindern Sie damit nicht, dass Ihnen die Bevölkerung bei der Tätersuche durch entsprechende Hinweise behilflich sein kann?“ ließ sie, begleitet von zustimmendem Nicken einiger Kollegen, nicht locker.

„Generell teilen wir Ihre Meinung. In diesem Fall jedoch nicht. Es ist eine Interessenabwägung, die im Führungskreis durchaus kontrovers diskutiert wurde, aber schließlich nach reiflicher Abwägung so entschieden worden ist. Aber wir werden aller Voraussicht nach morgen Abend, spätestens übermorgen, eine Pressekonferenz anberaumen und dort die Medien umfangreich informieren. Okay?“

„Ja, vielen Dank!“

„Weitere Fragen? Gut. Wenn das nicht der Fall ist, beende ich meinen kurzen Bericht und möchte Sie bitten, wieder an Ihre Arbeit zu gehen.“

Hörbares Stühlerücken war zu vernehmen. Nach und nach leerte sich der Besprechungsraum. Im Flur stand man in kleinen Grüppchen zusammen und diskutierte das eben Gehörte. Die meisten stimmten der Vorgehensweise zu. Viele, vor allem die jüngeren Familienväter, beklagten, dass nun wieder eine Zeit massiver Überstunden zu befürchten war.

Polizeipräsidium Wuppertal,
Dienstag, 12. Mai, 12.10 Uhr

Oberkommissar Feldt ging fast immer - im Gegensatz zu seinem Chef - früh in die Kantine, denn er fing seinen Dienst auch meist schon kurz vor halb acht an, weil er so bei seiner morgendlichen Autofahrt von Witten nach Wuppertal den häufigen Staus auf der A 43 und der A 46 entgehen konnte.

Wie üblich aß er gemeinsam mit seinem Kollegen Marc Haarmann zu Mittag, mit dem ihn seit gemeinsamen Tagen auf der Polizeischule eine dicke Freundschaft verband.

„Mahlzeit Marc", begrüßte Michael seinen Freund. „Bei euch in der Mordkommission ist ja die Küche mächtig am dampfen, wenn man den Buschtrommeln so glauben darf."

„Stimmt, aber du weißt ja, wir sind vergattert worden und müssen die Schnauze halten!"

„Klar, wenn ich nachher aus dem Kasino komme, weiß ich von nichts mehr. Mein Kurzzeitgedächtnis hat in letzter Zeit ganz furchtbar gelitten", meinte Michael grinsend.

„Na, dann lass uns gleich wenigstens ganz nach hinten ans Fenster gehen. Wie ich dich kenne, gibst du ja sonst doch keine Ruhe!"

Beide holten sich Tablett und Besteck. Einheitlich wählte jeder von ihnen das halbe Hähnchen mit Pommes frites. Marc nahm sich noch eine Apfelschorle und Michael hielt schon mal nach einem geeigneten Tisch Ausschau, den sie ganz in der Ecke vor dem letzten Fenster fanden.

„Dann schieß mal los!"

Marc wiederholte annähernd all das, was er heute Mor-

gen im Vortrag von Dr. Wehmayer an Neuigkeiten erfahren hatte.
„Das ist echt ein Hammer“, kommentierte Michael, als Marc seinen Bericht beendet hatte. „Kann man nur hoffen, dass da nicht noch was nachkommt. Scheint ja irgendwie einen an der Klatsche zu haben, euer Blumenfreund!“
„Das kannst du aber laut sagen. Ich hab auch so die Befürchtung“, antwortete Marc. „Dann lass mal hören, was es Neues gibt von eurem merkwürdigen Einbruch.“
„Nichts Neues. Alter Stand. Da haben wir es wohl beide mit zwei Spinnern zu tun. Aber unserer klaut nur. Euer Psycho killt.“
Nach ihrem Informationsaustausch sprachen sie noch über das vergangene Wochenende und waren sich einig, dass die Bayern mit ihrem Last-Minute-Tor in der Nachspielzeit wie so oft Dusel gehabt hatten. „So werden die schon wieder Meister“, meinte Michael und es klang wenig begeistert.
„Es ist wie immer. Ein Spiel dauert 90 Minuten und am Ende gewinnen die Bayern“, ergänzte Marc.
Vor dem Kasino verabschiedeten sich die beiden Freunde und gingen zurück zu ihren Arbeitsplätzen.

Polizeipräsidium Wuppertal,
Mittwoch, 13. Mai, 10.00 Uhr

Noch mehr Journalisten als vorgestern hatten sich in dem viel zu kleinen Konferenzraum im Präsidium schon fast eine halbe Stunde vor dem angesetzten Termin versammelt. Auch die Leute von Radio Wuppertal und vom WDR waren anwesend.

Die Pressekonferenz lief so ab, dass Dr. Wehmayer nochmals die schon am Montag bekannt gegebenen Informationen in Kurzfassung wiederholte und noch ein paar ergänzende Ausführungen machte. Am interessantesten war dabei der bisher aus ermittlungstaktischen Gründen unterlassene Hinweis, dass der Täter auf der Spielkarte seinen Namen - richtiger gesagt sein Pseudonym - mit blauem Filzstift in großen Buchstaben notiert hatte: GABRIEL. Dieser Umstand hatte dann auch dazu geführt, die eingesetzte Sonderkommission entsprechend zu nennen.

Direkt im Anschluss an diese Mitteilung eröffnete der Staatsanwalt die Fragestunde und bat darum, dass die Journalisten vor der jeweiligen Frage ihren und den Namen ihres Auftraggebers nennen sollten.

„Mein Name ist Antje Schmidtbauer von der Westdeutschen Zeitung“, meldete sich eine junge Frau in der ersten Reihe. „Vermuten Sie einen Racheakt? Gabriel könnte für ‚Todesengel‘ oder noch spezieller für ‚Racheengel‘ stehen. Damit gäbe es für die Tat vielleicht einen religiösen Hintergrund. Wie sehen Sie das?“

„Das wäre denkbar. Momentan spricht nach unserer überwiegend vertretenen Auffassung alles dafür, dass es sich bei dem Täter um einen Psychopathen handelt, der eventuell tief religiös verwurzelt ist und geschehenes Unrecht bestrafen will. Wie gesagt, das ist nicht die einzig denkbare Theorie."

„Sven Sörensen, WDR. Sie sprechen wieder vom ‚Täter'. Ist damit die Theorie vom Tisch, dass es auch eine Täterin sein könnte?"

„Nicht ganz, aber es ist eher unwahrscheinlich, dass es sich um eine Täterin handelt. Trotz der Verwendung eines Faustmessers. Auch die Wucht der Messerstöße lässt auf einen Mann schließen."

„Mike Carstens, Wuppertaler Rundschau. Weil Sie gerade das Faustmesser erwähnen: Handelt es sich nach Ihrer Einschätzung um denselben Täter wie im Gerresheim-Fall?"

„Die Frage ist zum jetzigen Zeitpunkt schwer zu beantworten. Konkrete Hinweise haben wir nicht, weil wir in beiden Fällen weder DNA noch Fingerabdrücke sicherstellen konnten. Wie es zurzeit aussieht, liegt die einzige Gemeinsamkeit in der Verwendung desselben Tatwerkzeugs. Auch die Zahl der Einstiche ist deutlich unterschiedlich."

„Wie viele Einstiche waren es?" fragte der Vertreter der Wuppertaler Rundschau weiter.

„Im Gerresheim-Fall drei, im neuesten Mordfall neun."

In einer der hinteren Reihen meldete sich ein weiterer Journalist zu Wort. „Marc Bayer, Rheinische Post. War das Opfer gefesselt?"

„Hatte ich das nicht erwähnt? Dann bitte ich um Nachsicht. Also die Frau wies an den Oberarmen und im Schulterbereich Hämatome auf, die darauf schließen lassen, dass der Täter - wahrscheinlich, nachdem er ihr den Mund verklebt hatte - sie hart angepackt hat, um sie in eine bestimmte Position zu bringen. Offensichtlich,

um das Opfer auf einen Stuhl zu zwingen. Denn an den Stuhlbeinen haben wir Fasern eines zur Fesselung der Hand- und Fußgelenke benutzten blauen Seils gefunden. Dementsprechend konnten auch an diesen Körperteilen Hämatome bzw. Scheuerstellen festgestellt werden."
„Wurde die Frau missbraucht?" stellte der Journalist eine weitere Frage.
„Nein, keine diesbezüglichen Merkmale. Gewalt wurde wohl nur angewandt, um die Fesselung zu ermöglichen."
„Yvonne Deters, Radio Wuppertal. Wie deuten Sie die exakte Lochung der Herz-Dame-Spielkarte oben links im „D" und was hat das Hinterlassen der Spielkarte überhaupt zu sagen?"
„Dass es sich um eine Herz-Dame-Spielkarte handelt, deutet wiederum eher auf einen Mann als Täter hin. Hinsichtlich der Lochung oben links haben wir eine Vermutung, zu der wir aber aus bestimmten Gründen derzeit noch nichts sagen wollen!"
Gemurmel unter den anwesenden Journalisten war die Folge. „Aber damit heizen Sie doch nur wilde Spekulationen an."
„Tut mir leid. Wir werden dazu augenblicklich nichts sagen."
Die Geräuschkulisse nahm ab. Nach und nach kehrte wieder Ruhe ein.
„Weitere Fragen?"
Dr. Wehmayer blickte in die Runde. Er wirkte niedergeschlagen. Man musste den Eindruck gewinnen, als ob das sich und seinen Kollegen auferlegte Schweigen zu einigen Punkten nicht seiner inneren Überzeugung entsprach.
„Dann lassen Sie uns wieder an die Arbeit gehen, damit wir diesen grausamen Mordfall möglichst rasch aufklären

und den Täter dingfest machen können“, sagte er, ohne dass Zuversicht aus seinen Worten sprach. „Danke, meine Damen und Herren!“

Gabriels Wohnung,
Donnerstag, 14. Mai, 8.10 Uhr

Interessant, was ich so über mich höre und lese, dachte Gabriel und schaltete den Fernseher aus. Gerade waren in den 8.00-Uhr-Nachrichten die neuesten Informationen aus der gestrigen Pressekonferenz bekannt gegeben worden. Auch in der Westdeutschen Zeitung waren die erste Seite und der Kommentar auf Seite zwei fast ausschließlich ihm und seiner Tat gewidmet.
Es erfüllte Gabriel mit Stolz zu wissen, dass die Ermittlungen stockten und die Mordkommission im Dunkeln tappte. Konnte er doch so seinen göttlichen Auftrag zu Ende führen. Nichts hatten sie gegen ihn in der Hand. Er war vorsichtig und umsichtig zu Werke gegangen. Nur der Zeitpunkt der Bestrafung war nicht ungefährlich, wie er sich eingestand. Aber andererseits hatte er die Vormittagsstunden des Sonntags bewusst gewählt, den Tag des Herrn.

Gabriel ließ die Geschehnisse nochmals in seiner Erinnerung an sich vorüberziehen. Wie beim Betrachten von auf eine Leinwand projizierten Dias tauchten die Bilder des sonntäglichen Vormittags erneut vor seinen Augen auf.
Maren, Maria, Magdalena!
Du bist in die Frühmesse gegangen, um für dich kirchlichen Beistand zu erbitten. Den aber konntest du nur durch mich erlangen. Und ich habe ihn dir nach deiner Rückkehr aus der Kirche gewährt. Ich habe dir die Verse aus dem Evangelium nach Lukas vorgelesen, mit denen der Erzengel Maria die Geburt des Heilands verkündete. „Sei gegrüßt, Begnadigte! Der Herr ist mit dir; gesegnet bist du

unter den Weibern! Fürchte dich nicht, Maria, denn du hast Gnade bei Gott gefunden!" wiederholte er laut die Worte aus der Bibel.

Viel zu erschrocken bist du gewesen, als ich dich plötzlich packte, fesselte und dir den Mund verklebte, erinnerte er sich weiter. Dann musstest du mir zuhören, ob du wolltest oder nicht. Und du musstest meine Entscheidung akzeptieren. Du warst mir ausgeliefert, mir, dem der Herr befohlen hat, dich von deinen Sünden zu befreien. Durch den Tod. Sühne für deine Sünden. Vergebung ... Erlösung ...

Als die Bilder an ihm vorübergezogen waren, erhob er sich, ging zum Altar, kniete nieder und betete.

‚Focus-Versicherungs-AG‘,
Freitag, 15. Mai, 10.20 Uhr

„Salon ‚Sandras Haarstudio‘, hier spricht Jennifer. Was kann ich für Sie tun?“ meldete sich eine junge Stimme am anderen Ende der Leitung.
„Niko Altmann hier, guten Tag! Könnte ich Frau Niemetz sprechen?“
„Geht es um einen Termin?“
„Nein, es ist ... es ist privat!“
„Einen Moment bitte!“
Etwas undeutlich, als ob die Sprechmuschel nur halb zugehalten würde, hörte Niko, wie Jennifer ihre Chefin rief.
„Sandra, kannst du mal eben? Es ist für dich!“
„Sandra Niemetz. Guten Tag.“
„Hallo, Sandra. Hier ist Niko. Bin leider nicht dazu gekommen, mich früher zu melden. Aber hier im Büro war diese Woche Land unter“, sprudelte es aus ihm heraus in der Hoffnung, dass seine Angebetete nicht merkte, wie aufgeregt er war.
„Hallo, Niko. Das ist aber nett, dass du dich meldest. Ich habe schon gedacht, du hättest mich vergessen ...“, absichtlich machte Sandra eine Pause, um ihm Gelegenheit zum Widerspruch zu geben.
„Nein, Sandra, ganz im Gegenteil. Ich hab an dich, also ich hab schon an dich gedacht, auch mehrmals, aber ich bin wegen der Arbeit im Büro ... und es waren auch ein paar ganz eilige Aufträge dabei ... einfach nicht früher dazu gekommen, dich anzurufen!“
„Niko, ich glaub dir ja und ich freue mich richtig, dass du dich gemeldet hast“, erwiderte sie.
Ich wollte eigentlich nur mal fragen, was du so am Wochen-

ende vorhast? Irgendwelche Pläne?"
„Warum fragst du?" ließ sie ihn zappeln.
„Nur so, also ich habe nichts vor. Wenn du auch nichts ..."
„Bei mir sieht´s nicht so gut aus. Also heute Abend bin ich mit meiner Steuerberaterin verabredet, morgen wollte ich mit meiner Freundin Karen ins Kino gehen und am Sonntagnachmittag hat mich meine Mutter zum Kaffee eingeladen."
„Schade, ich wäre ... also ich hätte dich gern am Wochenende zum Essen eingeladen. Naja, kann man eben nichts machen", meinte er resignierend.
„Da fällt mir ein, Karen wollte ursprünglich Sonntag mit mir ins Kino gehen, weil ihr das besser passen würde und ich war es, die lieber Samstag gehen wollte. Also wenn es dir recht ist, rufe ich sie mal eben an und frage, ob wir den Termin umpolen könnten. Dann würde es ja vielleicht doch mit morgen klappen!"
„Das wäre prima", kam die spontane Antwort.
„Gut, ich ruf dich gleich zurück. Wie ist deine Nummer im Büro?"
Niko nannte ihr seine Telefonnummer und beendete das Gespräch. Er war enttäuscht. Er war sich so sicher gewesen, sie am Wochenende wiederzusehen. Und jetzt? Die Minuten verrannen. Er starrte auf sein Handy. Oft klingelte es im falschen Moment. Doch jetzt schwieg es. Warum ruft sie nicht zurück? Hat ihre Freundin auf dem einmal vereinbarten Termin bestanden?

Natürlich hatte Sandra die Verabredung mit ihrer Freundin nur erfunden. Sie wartete ungefähr zehn Minuten, bevor sie Niko zurückrief.

Der Klingelton riss Niko aus seinen Gedanken.
„Niko hier! Äh, Focus-Versicherung, Niko Altmann am Apparat. Sie wünschen bitte?"
„Ich bin´s, Sandra. Also Karen hat sich ein bisschen geziert, aber gutes Zureden hat geholfen. Sie ist einverstanden. Wenn du also willst, würde ich deine Einladung gerne annehmen. Hast du schon ein Restaurant im Auge?"
„Wie wär´s mit einem Italiener?" fragte Niko, denn das ging eigentlich immer.
„Gerne. Schon einen ausgeguckt?"
„Nein, noch nicht. Aber lass dich überraschen", gab er sich bewusst locker. „Holst du mich ab, so gegen sieben?"
„Halb acht wäre mir lieber!"
„Gut, dann bis morgen um halb acht. Ich freue mich auf unseren gemeinsamen Abend."
„Ich mich auch, tschüss Niko."
„Ciao, Sandra!"

Polizeipräsidium Wuppertal,
Freitag, 15. Mai, 11.00 Uhr

Jürgen Fassbinder, Hauptkommissar und Leiter der Mordkommission, war 59 Jahre und seit drei Jahren verwitwet. Er dachte nicht im Traum daran, sich frühzeitig pensionieren zu lassen, obwohl er aufgrund einer noch nicht lange zurückliegenden Prostata-Operation im kommenden Jahr in Pension hätte gehen können. Er war mit Leib und Seele Polizist. Seine Statur war etwas untersetzt, etwa 1,75 Meter, und zeigte einen kleinen Bauchansatz. Er hatte dichtes schwarzes Haar, einen dunklen Teint und in seinem vom Wandern, seiner geliebten Freizeitbeschäftigung, gebräunten Gesicht thronte eine mächtige Nase. Kleine Lachfalten umspielten seinen Mund, unter dem ein energisches Kinn Entschlossenheit signalisierte.
Seine Mitarbeiter und Kollegen schätzten ihn wegen seines scharfen Verstandes und seiner ruhigen, souveränen Art, mit der er an die Fälle heranzugehen pflegte. Er konnte auf eine ungewöhnlich hohe Aufklärungsquote zurückblicken, die ihm im Präsidium - auch in Anspielung auf seine überdimensionale Nase - den Spitznamen ‚der Riecher‘ eingebracht hatte. Auch er wusste von diesem schmückenden Beinamen und kokettierte gelegentlich damit.
Heute ging es darum, sich über die ersten Ergebnisse auszutauschen und die weitere Vorgehensweise zu besprechen. Deshalb hatte er in einem für solche Anlässe vorgesehenen Raum ein Meeting mit seinen Mitarbeitern einberufen.
Nach seinem zusammenfassenden Bericht meldete sich Oberkommissar Marc Haarmann, sein mit Anfang 40

noch ausgesprochen junger Stellvertreter, zu Wort. Im Gegensatz zu seinem Vorgesetzten war Marc verheiratet und Vater von zwei noch nicht schulpflichtigen Kindern. Seine Ernennung zum Hauptkommissar stand unmittelbar bevor.

„Chef, ich habe da ...“ druckste er ein bisschen rum, bevor er fortfuhr. „Also, ich meine, Dr. Wehmayer hat ja bei der ersten Versammlung gesagt ...“

„Komm, Marc, nun komm zu Potte“, munterte Fassbinder ihn auf. Er pflegte alle seine Mitarbeiter zu duzen, während sie ihn siezten.

„Also gut, mir ist da so ein Gedanke gekommen. Sie wissen ja, dass ich mit Michael Feldt vom Einbruchs ...“

„Mensch Marc, bitte nicht bei Adam und Eva anfangen,“ funkte sein Chef jetzt - ganz gegen seine Gewohnheit - etwas ungehalten dazwischen.

„Also ich meine, dass zwischen unserem Fall und dem Einbruch in einem Speed-Date-Bistro im Luisenviertel ein Zusammenhang bestehen könnte.“

Erstaunen zeigte sich auf den Gesichtern der Kollegen, zumal die meisten von ihnen noch nichts von diesem Vorfall gehört hatten.

Marc schilderte kurz den Sachverhalt und hob besonders zwei Punkte hervor. Zum einen war das Verhalten des Täters, nämlich nur die Karteikarten zu stehlen, atypisch und ließ seiner Meinung nach auf eine psychische Störung schließen. Zum anderen wies das Logo unter anderem zwei Spielkarten auf, eine Herz-Dame und einen Herz-Buben.

„Ich weiß, das klingt so auf den ersten Blick nicht ganz überzeugend, aber momentan haben wir ja noch nicht wirklich viel und da habe ich gedacht ...“.

„Nein, Marc, das ist okay. Da könnte was dran sein. Vor allem die Sache mit den geklauten Dateien."
Erleichtert atmete Marc durch. „Noch nicht so ganz vom Tisch ist doch auch die Vermutung, es könnte einen Zusammenhang zwischen dem Gerresheim-Fall und unserem jetzigen Mord geben. Das heißt, wir müssten Parallelen finden. Ein Bezug zu Wuppertal scheint mir eher unwahrscheinlich. Aber es könnte doch sein, dass unser Täter sein - wie soll ich sagen - sein Operationsfeld von Düsseldorf nach Wuppertal verlegt hat. Oder ganz einfach umgezogen ist."
Es war still im Raum geworden. Die Kollegen lauschten gespannt Marcs Ausführungen. Das hatte dieses Team schon immer ausgezeichnet, dass jeder von ihnen aufmerksam zuhörte, wenn ein Anderer seine Theorie entwickelte. Und mochte sie noch so unwahrscheinlich sein. Vielfach war das schon der Schlüssel zum Erfolg gewesen.
Mutig fuhr Marc fort. „Deshalb habe ich schon mal ein wenig recherchiert. Gerresheim gehört zum Düsseldorfer Einzugsgebiet. Und dort gibt es ebenfalls einen Veranstalter für Speed-Date-Partys, der das Geschäft schon deutlich länger betreibt als das hiesige ‚Vera & Friends-Bistro'. Dort handelt es sich um das ‚6-6-6'. Die Veranstaltungen finden etwa doppelt so häufig statt wie hier. Es treffen sich jeweils sechs Damen und sechs Herren, die jeweils sechs Minuten miteinander sprechen und sich dann entscheiden, ob ihre E-Mail-Adresse vom Veranstalter an den Gesprächspartner weitergegeben werden soll. Hier in Wuppertal gilt das gleiche System, nur dass alles auf die „9" abgestellt ist: Also neun Damen, neun Herren, neun Minuten."
„Du meinst also, man müsste prüfen, ob es Teilnehmer gibt, die bei beiden Veranstaltern registriert sind?"

„Genau, Chef. Das könnte zwar eine Sisyphus-Arbeit werden, aber einen Versuch ist es allemal wert, meine ich."
„Keine schlechte Idee und wenn sie nur dazu dient, uns endgültig von der Theorie zu verabschieden, dass ein Zusammenhang zwischen beiden Taten besteht. Außerdem wird das so aufwändig nicht sein, vorausgesetzt, die Veranstalter verfügen über aussagekräftige Dateien. Der Abgleich ist dann ein Kinderspiel!"
„Also die Datei vom Bistro aus dem Luisenviertel liegt schon vor und um die Düsseldorfer Datei könnte ich mich ja kümmern."
„Mach das. Und richte dein Augenmerk auch auf die Blumen, Rose und Lilie. Vielleicht gibt´s auch einen Bezug zu dem verwendeten Namen Gabriel."
„Das wäre natürlich der Knüller schlechthin, wenn Gabriel als ‚Nickname' in den selbst gewählten E-Mail-Adressen auftauchen würde. Doch so blöd scheint unser Täter nicht zu sein ..."
„Aber verbeiß dich nicht in deine Theorie, Marc, es ist nur eine von vielen Möglichkeiten", unterbrach Fassbinder seinen Mitarbeiter. „Und denk auch an die Frauen ..."
„An die denkt er immer", kam ein Zwischenruf von Marcs Sitznachbarn, der die anderen Kollegen grinsen ließ. Es war kein Geheimnis, dass Marc aufgrund seines attraktiven Äußeren und seines Charmes vor seiner Heirat mit Esther bei den Frauen immer hoch im Kurs gestanden hatte und auch nie ein Kostverächter gewesen war.
„Netter Hinweis, aber ich meine das jetzt ausschließlich beruflich. Also Marc, denk dran, wir können auch Eifersucht nicht als Motiv ausschließen und das Faustmesser ist eine typische Verteidigungswaffe von Frauen!"
Die Besprechung war ausgesprochen produktiv. Alle

möglichen Theorien wurden beleuchtet, erörtert und häufig wieder verworfen. Über den Hinweis auf Eifersucht als Motiv wurde die Frage diskutiert, ob der vorliegende Mord nicht auch die Tat eines Homosexuellen gewesen sein könnte. Bestrafung durch den Erzengel Gabriel, weil eine Frau den geliebten - möglicherweise bisexuellen - Partner für sich gewonnen und damit dem Anderen entzogen hat? Dafür sprach der scheinbare Widerspruch zwischen brutaler, möglicherweise durch Rache motivierter Begehung und zärtlichem Arrangement der Leiche, Rose und Lilie in den gefalteten Händen: Zeichen der Liebe und des Todes.

Auch zu dieser ihm sehr plausibel erscheinenden Theorie erteilte Fassbinder zwei weiteren Mitarbeitern den Auftrag, sich in dem entsprechenden Milieu umzuhören. Die Tatsache, dass man in der Szene einen zuverlässigen Informanten hatte, würde die entsprechenden Nachforschungen erleichtern.

Erst einige Minuten vor eins hob Fassbinder die Sitzung auf und fast alle gingen geschlossen in die Kantine.

Restaurant ‚Da Damiano',
Samstag, 16. Mai, 19.55 Uhr

Mit 10-minütiger Verspätung holte Sandra Niko ab. Von Jennifer hatte sie sich die Haare noch ein wenig kürzen lassen. Die rötlichen Strähnchen in den brünetten Haaren sahen pfiffig aus und verliehen ihr ein noch jugendlicheres Aussehen. Bewusst. Denn sie wollte sich altersmäßig Niko ein wenig anpassen. Mit ihren grünen Augen und der zierlichen Stupsnase sah sie zum Verlieben aus, was Niko auch beim Einsteigen ein „Wow, siehst du gut aus!" entlockte.

„Danke, mein Herr! Gut gelaunt?"

„Und ob. Ich hab mich schon den ganzen Tag auf dich gefreut", sprudelte es aus Niko heraus, sämtliche Verhaltensregeln, die ihm Markus für dieses Date mit auf den Weg gegeben hatte, missachtend.

„Mmh, ich auch. Also ich meine, ich freue mich auch sehr auf unseren gemeinsamen Abend! Wo geht´s denn hin?"

„Es ist nicht weit von hier. ‚Da Damiano', in der Friedrich-Ebert-Straße. Kennst du es?"

„Nein, nie gehört!"

„Es muss gut sein. Markus, mein Kollege und Mitbewohner, hat es mir empfohlen. Der Besitzer schmeißt den Laden selbst. Soll so die typisch italienische Art haben, bei jedem seiner Gäste den Eindruck zu erwecken, er sei heute der wichtigste Gast. Und der größte Gag ist, dass er gar kein Italiener, sondern in Wirklichkeit Albaner ist!"

„Das ist ein Witz, oder?"

„Nein, bestimmt nicht. Mal schauen, ob Markus mit seinem Tipp richtig liegt."

„Die Friedrich-Ebert-Straße ist Einbahnstraße. Ob ich vor

dem Restaurant parken kann?"
„Samstags soll´s kritisch sein. Aber vielleicht haben wir Glück. Es ist kurz hinter dem Laurentius-Platz auf der linken Seite."
Sie hatten tatsächlich Glück. Fast unmittelbar vor dem ‚Da Damiano' wurde gerade ein Parkplatz frei, als sie ankamen. Niko half Sandra galant aus dem tiefen Sitz ihres Wagens und warf dabei einen bewundernden Blick auf ihre hübschen Beine. Denn heute hatte sie sich für einen luftigen, recht kurzen champagnerfarbenen Rock entschieden, zu dem sie eine leicht ausgeschnittene dezent gemusterte Bluse trug. Niko hatte sich für eine hellblaue Jeans entschieden. Dazu trug er ein braunes Leinensacco über einem schlichten weißen T-Shirt.
Die Begrüßung durch den Chef persönlich war wie von Niko beschrieben. Beide gewannen sie den Eindruck, als Stammgäste begrüßt zu werden. „Komme Sie, Signore Altmann, habe für Sie schönste Platz für romantische Abend zu zweit reserviert", strahlte er über das ganze Gesicht, schaute Sandra tief in die Augen und zwinkerte Niko vielversprechend zu. „Komme Sie, gleich hier oben an Fenster". Er ging voraus auf das leicht erhöhte Podest, auf dem sich ein Vierer- und zwei Zweiertische befanden.
„Bitte, Signora!" wandte er sich Sandra zu und rückte den Stuhl zur Seite, so dass sie Platz nehmen konnte. „Kleine Aperitiffe zu Begrüßung?"
Sie bestellten zwei Gläser Prosecco und schauten sich in aller Ruhe die Karte an. Sandra wählte als Vorspeise einen Feldsalat mit Cocktailtomaten und gebratenem Speck, Niko eine Kürbiscremesuppe. Bei der Hauptspeise einigten sich beide auf Fisch. Sie nahm eine Dorade, er einen Wolfsbarsch. Dazu tranken sie einen Pinot Grigio.

Der Abend verging wie im Fluge. Viel gab es zu erzählen. Sie sprachen von ihrer Schulzeit und der anschließenden Ausbildung. Im Laufe des Abends kamen sie unwillkürlich auch auf den Abend vor einer Woche zu sprechen, als sie sich bei ‚Vera & Friends' zum ersten Mal begegnet waren. Da Sandra ihm am vergangenen Freitag ganz freimütig erzählt hatte, dass es bereits ihr zweiter Versuch gewesen sei, auf diesem Weg jemanden kennen zu lernen, offenbarte er sich ihr gegenüber ebenfalls ohne jede Scheu.

„Mein erster Versuch mit einem solchen Speed-Dating liegt schon gut drei Jahre zurück. Es war eine ganz verrückte Geschichte. Meine ein Jahr jüngere Schwester, im Gegensatz zu mir eine richtig wilde Party-Maus, hat mir zum Abitur einen Gutschein zu einer solchen Veranstaltung in Köln für die Altersgruppe 20 bis 30 geschenkt. ‚Zur Goldenen Sieben' nannte sich der Laden. Eigentlich mehr um ihr einen Gefallen zu tun, bin ich hingegangen. Es war der totale Reinfall. Ich hab kein Wort rausgebracht. Stimmt nicht ganz, aber ich habe ziemlich rumgestottert und nur blödes Zeug erzählt. Es war grauenhaft. Ich war froh, als die sieben Gespräche vorbei waren."

„Und? Hast du trotzdem ein paar Adressen bekommen?"

„Nicht eine einzige!" antwortete Niko und machte ein ziemlich bedröppeltes Gesicht.

„Wieso nur so wenige Gespräche?" versuchte sie Niko abzulenken.

„Ja, die Teilnehmerzahl war geringer als hier in Wuppertal. Sieben Frauen, sieben Männer, sieben Gespräche." Er machte eine kleine Pause, bevor er leise hinzufügte. „Und das Ambiente war auch ein bisschen ... ein bisschen anrüchig. Nicht so nett und freundlich wie in Veras Bistro."

„Und das hat dir dann den Rest gegeben, nicht wahr?“
„Mach dich ruhig lustig über mich!“ schmollte Niko.
„Nein, überhaupt nicht. Aber ich kann mir schon vorstellen, dass das nicht so witzig ist, wenn man noch etwas unerfahren ist und sich eine so geballte Abfuhr einhandelt.“
Sie wechselten das Thema. Sie unterhielten sich über Urlaube, Filme und zuletzt über Bücher, einem Metier, in dem sich beide gut auskannten. Niko staunte über Sandras Belesenheit und so nahm sie ihn zunehmend gefangen.
Gegen drei Viertel elf beglich Niko die Rechnung. Den dann obligatorischen Grappa ‚auf´s Haus‘ durften sie dem Chef natürlich nicht abschlagen, obwohl Sandra einwandte, noch Auto fahren zu müssen.
„Signora, Signora, Sie nicht wolle, dass ich ganze Nacht nicht kann schlafe!“ winselte er.
„Okay, wenn das so ist ... aber bitte, bitte nur einen winzig kleinen Schluck!“ gab Sandra schließlich nach.
„Claro, Signora, nur eine winzige Schlucke!“
Sie tranken ihren Absacker, verabschiedeten sich herzlich und verließen das Restaurant.

Emilienstraße 31,
Samstag, 16. Mai, 23.15 Uhr

Im Auto trat dann die Situation ein, an die beide während der letzten halben Stunde schon mehrfach - durchaus mit gemischten Gefühlen - gedacht hatten. Fast gleichzeitig wollten sie das Schweigen brechen.
„Ich meine, wir ...“, begann Niko.
„Also, du wohnst ...“, fing Sandra an.
„Was wolltest du sagen?“ fragte Niko und es war ihm schon ziemlich recht, auf diese Weise nicht die Initiative ergreifen zu müssen.
„Ich wollte sagen, dass ... Also, du wohnst ja mit deinem Kollegen zusammen, nicht wahr? Dann wär´s eigentlich schon besser, wir würden - wenn wir noch einen Schluck trinken wollen - wir würden zu mir fahren. Vielleicht magst du ja einen Espresso oder einen Rotwein, ich habe da einen sehr leckeren spanischen ... „
„Gute Idee“, stimmte er Sandras Vorschlag zu und ergänzte nach kurzer Pause pflichtgemäß: „Ich könnte dann ja nachher zurück ein Taxi nehmen.“
„Ja, sicher! Das heißt ... wir fahren jetzt zu mir. Aber natürlich nur, wenn du willst ... „
„Aber natürlich will ich ... äh, ich wollte sagen ... ich würde schon gerne mal sehen, wie du so wohnst“, meinte er und sie hatte - ohne ihn anzuschauen - das sichere Gefühl, er wäre dabei rot geworden. Das ist wirklich ein süßer Kerl, einfach nur nett! - dachte sie erneut, schwieg und lenkte ihren silbergrauen Tigra in Richtung Barmen.

In ihrer Wohnung angekommen bat sie Niko ins Wohnzimmer. „Setz dich! Ich verschwinde mal eben im Bad,

bin aber gleich zurück. Soll ich dir vorher noch einen Kaffee oder einen Espresso machen?"
„Nein, danke. Lieber würde ich ein Glas Rotwein trinken."
„Okay, ich hol die Flasche aus der Küche. Dann kannst du sie ja schon mal öffnen", sprach´s und verschwand durch die Tür, um gleich darauf mit einem dieser modernen Korkenzieher bewaffnet wieder im Rahmen zu stehen.
„Hier, versuch dein Glück! Ich bring mich dabei immer um - mit diesem modernen Kram!"
Als Sandra wieder ins Wohnzimmer kam, legte sie zunächst eine CD von ‚Kings of Leon' auf. Wie passend, dachte Niko, ‚Only by the night'. Er hatte bereits die Gläser gefüllt, stand aber noch an der Wand vor drei Bruno-Bruni-Lithographien, auf denen - jeweils anders gestaltet - hellrote Amaryllis abgebildet waren. Bewusst hatte er sich noch nicht hingesetzt, weil er sich unschlüssig war, ob er sich in den Sessel oder auf die Couch setzen sollte. Er war derartige Situationen nicht gewohnt und wollte nichts falsch machen.
„Gefallen dir die Bilder?"
„Ja, sehr. Sie sind so ... so weich in den Farben."
„Das hast du schön gesagt. Komm setz dich zu mir", sagte sie, während sie auf der zweisitzigen grünen Ledercouch Platz nahm.
Sie unterhielten sich über ihre Musik-Vorlieben und stellten fest, dass die Rockmusik - eher in der gemäßigten Form - ihrem gemeinsamen Geschmack entsprach. Während sie langsam ihre Gläser leerten und sich angeregt unterhielten, strich sie ihm mit zwei Fingern ihrer Hand, die sie hinter seinen Kopf auf die Couchlehne gelegt hatte, durch seine dunkelbraunen Nackenhaare. Er war wie

elektrisiert, stellte aber fest, dass es ihm gefiel. Er setzte sein Glas ab und sah sie an. Mit einer Hand streichelte er ihr über die Wange und küsste ihr Nasenspitze.
Nachdem sie ihr Glas schließlich ebenfalls auf den Tisch gestellt hatte, zog sie seinen Kopf ganz nah an ihr Gesicht. Er spürte das Verlangen in ihren Augen, die zu sagen schienen: „Nun ist es an dir, mich zu küssen!“ Aber er traute sich nicht. Sein Herz pochte und er war sich sicher, dass sie es hören konnte.
Als er mit etwas verdrehtem Oberkörper neben ihr wie versteinert saß, erlöste sie ihn aus seiner Starre. Sie küsste ihn. Es war kein wilder, fordernder Kuss, sondern sanft und zärtlich. Im Hintergrund waren die letzten Takte von ‚Sex on Fire‘ mit der charismatischen, einschmeichelnden Stimme von Caleb Followill zu hören.
Niko war aufgewühlt. Er hatte diesen Moment herbeigesehnt. Nun war er da. Und jetzt? Sie schwiegen beide und küssten sich erneut. Dann brach sie das Schweigen.
„Das ist ein bisschen wie im Auto“, und als sie sah, dass er nicht ganz verstand, was sie meinte, fuhr sie fort: „Genauso unbequem!“
„Ach so, das meinst du, ja, ja. Da hast du Recht!“ Was redest du bloß für ein dummes Zeug, dachte er gleichzeitig. Er wollte etwas Nettes, etwas Liebes sagen, aber er war gehemmt.
„Also Niko, im Zimmer nebenan ist es ... also da ist es viel bequemer ... „.
Was musste Sandra für einen schlechten Eindruck von ihm haben, machte er sich so seine Gedanken. Von einem Anzeichen, sie erobern zu wollen, sie für sich zu gewinnen, keine Spur. Er benahm sich wie ein Primaner und diese Zeit lag nun doch schon ein paar Jahre hinter ihm.

Fieberhaft suchte er nach den richtigen Worten. Gerade, als er etwas sagen wollte, legte sie ihm ihren Zeigefinger auf die Lippen, stand auf, nahm seine Hand, zog ihn hoch und steuerte mit ihm im Schlepptau die Schlafzimmertür an. Der Raum lag im Dunkeln. Sie knipste das Licht an und dimmte es so weit, dass die Konturen der Gegenstände zu verschwimmen schienen. Beherrscht wurde der Raum von einem großen französischen Bett. Ansonsten standen nur zwei Cocktailsessel mit einem kleinen runden Tisch in einer Ecke und dahinter eine Bodenvase mit Kirschzweigen, deren Blüten gerade aufgesprungen waren. Dem Bett gegenüber befand sich ein überdimensionaler in der vollen Breite verspiegelter Kleiderschrank, aus dessen unterster Schublade Sandra eine Packung Kondome hervorkramte und sie auf das Kopfende legte.
Sandra und Niko setzten sich auf die Bettkante, dem Spiegel gegenüber, und begannen sich behutsam gegenseitig zu entkleiden. Als sie - nur noch mit rosafarbenem Slip und BH bekleidet - neben ihm saß, betrachtete er sie ein paar Sekunden lang im Spiegel. Er zog sie sanft nach hinten und begann ihr Gesicht mit seinen Lippen zu erforschen. Dann wanderten sie den Hals entlang, liebkosten die festen Rundungen ihrer Brüste, die sich über den Rändern ihres BHs wölbten, und eroberten die zarte Haut ihres Bauches. Mit seiner Zunge umrundete er ihren Bauchnabel und ließ die Zungenspitze in ihm versinken.
Sie genoss seine Zärtlichkeit. Seine ganze Unsicherheit fiel von ihm ab. Für alles ließ er sich Zeit, als denke er nur an sie. Er streifte ihr den Slip über die Oberschenkel, die Knie und die Füße, schob ihren Körper in die Bettmitte und setzte das Spiel seiner Lippen und seiner Zunge zwischen ihren Schenkeln fort. Sie stöhnte leise auf und

krallte ihre Hände in seinen dichten Haarschopf. Sanfte Wellen durchströmten Sandras Körper. Dann küsste er - sich weiter abwärts bewegend - zärtlich die Innenseiten ihrer Schenkel, zog sich wieder nach oben und entfernte ihren BH. Mit den Fingern umkurvte er die hart gewordenen Nippel ihrer Brüste, die sich senkrecht aufgestellt hatten. Ganz vorsichtig nahm er sie zwischen Daumen und Zeigefinger, spielte mit ihnen - was Sandra wieder ein leichtes Stöhnen entlockte - und benetzte sie mit seiner Zunge.

Sie hielt es nicht mehr aus. Passend zum Augenblick drang vom Wohnzimmer der Song ‚I want you' zu ihnen herüber. Sie nahm sein Gesicht in ihre Hände, drehte ihn auf den Rücken und wanderte nun ebenfalls mit ihrem Mund seinen Körper entlang. Mit beiden Händen streifte sie seinen Slip herunter, griff mit einer Hand zwischen seine Beine und massierte ihn mit sanften Bewegungen. Ihre Lippen folgten ihren Händen. Er ließ es geschehen und genoss ihre Zärtlichkeit.

Es wurde eine wundervolle Nacht. Zeit und Geduld hießen die Zauberworte. Was ist das für ein ungeahntes Glück, dachte sie, als er schließlich in ihren Armen einschlief. Er ist ein Engel. Der Himmel hat ihn mir geschickt.

Dann schlief auch sie ein.

Gabriels Wohnung,
Montag, 18. Mai, 19.00 Uhr

Gabriel kam am frühen Abend gegen sieben Uhr nach Hause in seine Wohnung. Er entledigte sich vollständig seiner Kleider, duschte und zog ein Büßergewand aus Sackleinen an. Um seine Taille knotete er ein Seil. Seine Füße steckten in Leinenschuhen.
So trat er vor seinen Altar und kniete nieder. Aus der aufgeschlagenen Bibel las er einige Verse aus dem Bußgebet Davids. „Gott, sei mir gnädig nach deiner Güte und tilge meine Sünden nach deiner großen Barmherzigkeit. Wasche mich wohl von meiner Missetat und reinige mich von meiner Sünde. Denn ich erkenne meine Missetat, und meine Sünde ist immer vor mir. Schaffe in mir, Gott, ein reines Herz und gib mir einen neuen, gewissen Geist. Verwirf mich nicht von deinem Angesichte und nimm deinen heiligen Geist nicht von mir. Ich will die Übertreter deine Wege lehren, dass sich die Sünder zu dir bekehren. Errette mich von den Blutschulden, Gott, der du mein Gott und Heiland bist, dass meine Zunge deine Gerechtigkeit rühme."

Gabriel bereitete sich gewissenhaft vor. Am frühen Morgen, während er betete, hatte Gott, sein Herr, zu ihm gesprochen und ihm ein Zeichen gegeben. Der morgige Tag war auserwählt, eine weitere Seele von der Sünde zu befreien. Dazu erbat er Gottes Beistand und die Vergebung seiner eigenen Schuld, Blutschuld wie er sie nannte. Es gehörte zu seinem Ritual, am Vortag nichts zu essen und nur Wasser zu trinken. Nicht nur seinen Geist, sondern auch seinen Körper wollte er auf diese Weise reinigen.

Als äußeres Zeichen, Buße tun zu wollen, für das, was er im Namen des Herrn zu tun bereit war, wickelte er sich einen mit kleinen Nägeln gespickten breiten Gürtel um seinen Oberkörper. Er legte sich rücklings auf sein Lager. Die Nägel drangen in sein Fleisch. Er nahm den Schmerz wahr, aber kein Laut kam über seine Lippen. Er spürte, wie das warme Blut an seinem Körper herablief. Er faltete die Hände und sprach ein Abendgebet. Ganz allmählich ließ der Schmerz nach. Und mit dem nachlassenden Schmerz glitt er hinüber in einen langen, traumlosen Schlaf.

Polizeipräsidium Wuppertal,
Montag, 18. Mai, 19.30 Uhr

„Der Mord geschah zwar erst vor einer Woche, aber der Polizeipräsident steht mächtig unter Dampf. Der Leitende Oberstaatsanwalt macht Druck, weil die Presse mal wieder verrückt spielt!"

Fassbinder war sichtlich sauer und ließ seinen Gefühlen freien Lauf. „Es ist wirklich zum Kotzen! Wir können uns den Täter doch nicht aus den Rippen schneiden. Also was gibt´s Neues?" fragte er etwas unwirsch in die Runde seiner versammelten Mitarbeiter. „Liegen euch jetzt die Daten beider Speed-Date-Agenturen vor?"

„Ja. Die Daten von Vera Corts hatten wir uns schon am Freitag gleich nach der Besprechung von den Kollegen vom Einbruchsdezernat besorgt. Den Abgleich mit der Düsseldorfer Kundendatei haben wir dann heute durchgeführt", antwortete Marc.

„Und? Was Brauchbares dabei?"

„Das wissen wir noch nicht. Aber etliche Namen tauchen in beiden Dateien auf."

„Auch Frauen?"

„Ja, aber in der Mehrzahl Männer. Die sind da wohl etwas mobiler ... oder gehen auch mal in anderen Teichen fischen!" fügte Marc scherzhaft hinzu.

„Du musst es ja wissen", flüsterte ihm einer seiner neben ihm sitzenden Kollegen zu.

„Okay, wie viele Leute hast du für die Befragungen?" fragte Fassbinder. „Vor allem muss es schnell gehen, bevor noch mehr passiert!"

„Phillip und Ralph unterstützen mich. Ich denke, das reicht. Spätestens Ende der Woche wollen wir damit

durch sein."
„Dann habe ich aber noch eine Bitte. Lasst euch von allen Teilnehmern - Männlein wie Weiblein - Fotos, möglichst Passfotos, aushändigen. Daraus lasse ich von meiner Sekretärin eine Sammelmappe fertigen, die wir dann Vera Corts und dem Veranstalter der Agentur in Düsseldorf vorlegen werden."
„Und wozu der ganze Aufwand?" fragte Marc.
„Gerade solche Leute, die sehr viel mit wechselndem Publikum zu tun haben, verfügen oft über ein fotografisches Gedächtnis und können sich häufig an besondere Ereignisse gut erinnern, wenn sie das Bild des Betreffenden vor Augen haben. Wir dürfen nichts unversucht lassen!"
„Okay, geht in Ordnung, Chef. Machen wir!"
„Hat sonst noch jemand was rausgefunden?"
„Ich habe mich mal etwas intensiver in der Bibel mit dem Buch Daniel und mit dem Evangelium nach Lukas sowie mit der Literatur über den Erzengel Gabriel beschäftigt", meldete sich Phillip Kohlund. „Der Name stammt aus dem Hebräischen. ‚Gavri-El' bedeutet so viel wie ‚Gott ist mein Held' oder auch ‚Gott ist meine Kraft'. Das lässt auf seine - Gott gegenüber - bedingungslose Unterwerfung schließen. Durch ihn erhält er seine psychische Kraft zu handeln, derartige Gräueltaten durchzuführen. Von ihm nimmt er seine Befehle entgegen. Er sieht sich als sein Jünger und sein Vollstrecker. Im Allgemeinen ist Gabriel nur als Racheengel bekannt. Er gilt aber auch als Todesengel, als Bote und als Ausleger von Visionen. Das sagt noch nicht viel über unseren Fall aus. Aber besonders interessant scheint mir, dass er in der katholischen Kirche meist mit einer Lilie dargestellt wird, in der bildenden Kunst immer wieder auch als weiblicher Engel. Es könnte sich also bei

dem Täter tatsächlich auch um eine Frau handeln. Außerdem wollte ich noch auf einen weiteren Aspekt hinweisen", ergänzte Phillip noch, „der für die Motivsuche wichtig sein könnte. Nach allen mir vorliegenden Quellen regiert der Erzengel die Welt der Emotionen und das Unterbewusstsein. Blau in all seinen Schattierungen ist seine Farbe."

„Deshalb auch der Schriftzug GABRIEL mit blauem Filzstift! Es reiht sich ein Puzzleteil ans andere. Du scheinst Recht zu haben: Unser Täter sieht sich offenbar als Erzengel Gabriel", sagte Fassbinder. „Nur in welcher Funktion er handelt, müssen wir ergründen. Wenn wir sein Wesen, sein menschliches Wesen erkennen, können wir denken wie er, können wir seine Motive erforschen. Und wir können, sollte er weiter morden wollen, seine nächsten Schritte vorausahnen und so vielleicht weitere Morde verhindern."

Als keine weiteren Wortmeldungen mehr folgten, schloss er die Sitzung und gab routinemäßig den nächsten Besprechungstermin bekannt.

Unterbarmer Friedhof,
Dienstag, 19. Mai, 7.35 Uhr

Es schien wieder einer dieser sonnigen, warmen Maitage zu werden. Das zarte Frühlingsgrün der Blätter passte zu dem aufbrechenden Morgen. Die ersten lilafarbenen Blüten des Rhododendrons eiferten den schon in voller Pracht stehenden weißen nach.
Gabriel liebte es, über Friedhöfe zu gehen. Der Tod war ihm ein Freund, ein stiller Weggenosse. Hier lagen all die, die das Leben hinter sich hatten. Kalt in warmer Erde. Die Stille, die hier herrschte, tat ihm wohl.
Wenn er an frischen, erdgehäufelten Gräbern vorüber ging, sah er den Zug der Trauernden vor sich. Er schaute in Trauer heuchelnde Gesichter und hörte die leiernden Worte des Pfarrers, die in seinen Ohren zu Ruderschlägen Charons wurden. Mit jeder neuen Phrase, mit jedem neuen Ruderschlag näherte sich der Tote dem Ufer, wo Hades ihn in seinem Reich empfing. Von hier gab es kein Zurück.
Gabriel stand vor einem blumen- und kranzbeladenen Familiengrab, das erst seit gestern einen weiteren Toten barg. Er hatte sein Haupt gebeugt, wie in stillem Gebet versunken. Weit und breit war - wie in diesen frühen Morgenstunden üblich - niemand zu sehen. Die Friedhofsgärtner hatten ihr Tagewerk noch nicht begonnen. Die Vögel zwitscherten um die Wette, dem Frühlingstag entgegen.
Gabriel beugte sich herab, ordnete die Schleifen und brach von einem der Kränze eine weiße Lilie ab. Er verbarg sie unter seiner leichten Jacke. Bedächtigen Schrittes ging er den abschüssigen Hauptweg hinab zum Eingangstor des Friedhofs.

Polizeipräsidium Wuppertal,
Dienstag, 19. Mai, 14.38 Uhr

Der Notruf einer völlig verstörten Frau erreichte die Leitstelle im Polizeipräsidium.
„Hier ist ... hier ist ... Ich muss einen ... einen Mord melden“, stammelte die Anruferin.
„Wer ist denn da? Nennen Sie Ihren Namen und Ihre Adresse!“, entgegnete der diensthabende Beamte.
„Kommen sie schnell ... es ist ... es ist so furchtbar!“
„Bitte beruhigen Sie sich. Und legen Sie nicht auf! Wo ist der Mord passiert? Wie ist Ihr Name?“
„Monika ... Monika Petersen ... in der Calvinstraße“, kam es zögernd vom anderen Ende der Leitung.
„Wo genau, Frau Petersen?“
„Calvinstraße, habe ich doch schon gesagt“, antwortete sie etwas unwirsch.
„Ja, und die Hausnummer?“
„11, Calvinstraße 11.“
„In einem Geschäft oder in einer Wohnung?“
„In einer Wohnung, zwei Häuser neben der Bank, neben der Rhein-Wupper-Bank“, kam die Antwort jetzt schon etwas gefasster.
„Ist das Ihre Wohnung?“
„Nein, die Wohnung meiner Chefin. Ich habe sie gerade gefunden.“
„Wir sind in wenigen Minuten bei Ihnen. Bleiben Sie dort und fassen Sie bitte nichts an!“
„Ja, ja. Bis gleich. Ich warte. Aber beeilen Sie sich ...“

Calvinstraße 11,
Dienstag, 19. Mai, 14.49 Uhr

Die sofort verständigte Mordkommission und die Spurensicherung fuhren mit mehreren Fahrzeugen mit Martinshorn und Blaulicht in Richtung Zentrum Elberfeld. Schon elf Minuten nach dem Anruf trafen sie am Tatort ein.
Vor dem vierstöckigen Altbau, in dem die Wohnung lag, hatte sich bereits ein kleiner Menschenauflauf gebildet. Den Beamten wurde der Weg ins Treppenhaus gewiesen. Im dritten Stock saßen zwei Frauen auf der obersten Treppenstufe und hielten sich im Arm. Davor standen zwei Männer in Business-Kleidung.
Einer von ihnen stellte sich vor: „Mein Name ist Klaus-Olaf Wichelhaus. Ich bin der Leiter der Bankfiliale, die sich zwei Häuser weiter befindet. Das sind meine Mitarbeiter Frau Petersen, Frau Hanke und Herr Lehmann. Das Opfer ist meine Stellvertreterin, Frau Karen Friedrichs. Sie bewohnt, äh, ich meine, sie wohnte hier unmittelbar neben der Filiale.“
„Wer hat uns verständigt?“ fragte Hauptkommissar Fassbinder, nachdem er sich ebenfalls vorgestellt hatte.
„Frau Petersen. Ich hatte sie gebeten, mal nach Frau Friedrichs zu schauen, weil sie noch nicht von der Mittagspause zurück war und ich sie telefonisch nicht erreichen konnte.“
„Und wie sind Sie“, damit wandte er sich unmittelbar an Frau Petersen, „in die Wohnung gelangt? Hatten Sie einen Schlüssel?“
„Herr Wichelhaus hat ihn mir gegeben. Er verwahrt ihn in seinem Schreibtisch, falls mal was ist ...“ antwortete sie und fing erneut an zu schluchzen.

„Wer war schon in der Wohnung?“
„Nur Frau Petersen und ich. Ein furchtbarer Anblick!“ sagte der Filialleiter. „Können wir wieder rübergehen? Ich will die Filiale für heute schließen und die Mitarbeiter nach Hause schicken.“
„Das sollten Sie besser noch nicht tun. Aber Sie können drüben warten. Hier brauchen wir Sie nicht mehr. Ein Beamter kommt gleich zu Ihnen, um Sie und Ihr Personal zu befragen.“
An seinen Stab gewandt meinte Fassbinder mit ernster Miene „Dann wollen wir mal!“ und betrat mit seinen Mitarbeitern und dem inzwischen ebenfalls eingetroffenen Polizeiarzt Dr. Brandt die Wohnung. Die Leute von der Spurensicherung, die zuvor die erforderlichen Absperrungen vorgenommen hatten, folgten ihnen in ihren durchsichtigen, gespenstisch anmutenden weißlichen Overalls.
Das Bild, das sich ihnen bot, war fast identisch mit dem des letzten Tatorts. Die Leiche der Frau, die der Hauptkommissar etwa auf Mitte bis Ende 30 schätzte, lag wie aufgebahrt auf ihrem etwa eineinhalb Meter breiten Bett im Schlafzimmer. Ihre Hände waren gefaltet und umschlossen eine weiße Lilie und eine rosafarbene Rose. Das weiße Laken, auf dem sie lag, war blutdurchtränkt. An der Tapete waren zahlreiche Blutflecken zu sehen. Der Fundort der Leiche war offensichtlich auch der Tatort. Die Brüste wiesen mehrere Einstiche auf. Und zwischen ihren Brüsten hing wieder an einer weißen dünnen Schnur eine Herz-Dame-Spielkarte, dieses Mal im oberen rechten „D“ gelocht. Und wieder war mit blauem Filzstift der Schriftzug GABRIEL auf die Karte geschrieben.
„Unser Erzengel Gabriel!“ stieß Fassbinder wütend her-

vor. „Verdammt noch mal! Genau das wollten wir verhindern. Ein Psychopath und Serienmörder!“
Die Anderen nickten stumm. Sie waren sprachlos.
Die Leute von der SpuSi öffneten ihre Aluminium-Koffer mit den verschiedenen Gerätschaften und begannen routiniert ihre Arbeit. Um eventuelle Fingerabdrücke sichtbar zu machen, stäubten sie Gegenstände und Flächen mithilfe eines Spezialpinsels mit Magnabrush-Pulver ein. Gesichert wurden die Abdrücke dann auf Klebefolien.
Inzwischen hatte der Polizeiarzt die Leiche einer ersten Prüfung unterzogen. An den Oberarmen fanden sich wiederum leichte Hämatome, an den Handgelenken und oberhalb der Knöchel geringfügige Scheuerstellen. Sie rührten von einer Fesselung mit einem Seil her, das aber in der Wohnung nicht gefunden wurde. Überhaupt schien alles ordentlich aufgeräumt, so dass die Beamten der SpuSi nur wenige Gegenstände in ihre Asservatenbeutel zu packen hatten, um sie im Labor zu untersuchen.
„Wie viele Einstiche?“ meldete sich der Hauptkommissar erneut zu Wort.
„Neun, wieder exakt neun!“ antwortete der Polizeiarzt.
„Seltsam, beim Gerresheim-Fall drei und jetzt beide Male neun“, grübelte Fassbinder.
„Eher ein Indiz, dass die Fälle nichts miteinander zu tun haben“, schloss Ralph Seidel vorschnell. „Aber die ‚Neun‘ könnte bei Gabriel so eine Art heilige Zahl sein. Was meinst du, Phillip, du hast dich doch mit dem Bibel-Kram beschäftigt.“
„Ja, aber es tauchen nur die ‚Sieben‘ und die ‚Zwölf‘ auf, nicht die ‚Neun‘!“
„Zum zweiten Mal neun Stiche könnte aber ein Hinweis - vielleicht sogar ein gewollter Hinweis - von Gabriel, auf

das Speed-Date-Bistro sein. In der Mitte des Logos befindet sich dreimal die ‚9'."
„Gewagte These, aber möglich. Spricht wieder dafür, die Sammelmappe mit den Fotos so schnell wie möglich zusammenzustellen und mit Vera Corts zu sprechen. Vielleicht kann uns ja auch der Barkeeper helfen. So wie das da abläuft, kennt er auch alle Kunden und vielleicht sind die Teilnehmer nach der Veranstaltung ja auch ein bisschen redseliger und haben ihm das eine oder andere anvertraut. Auf jeden Fall sollten wir sie beide befragen und ihnen die Fotos zeigen."
„Und um Ihre nächste Frage zu beantworten", grinste der Polizeiarzt den Hauptkommissar an, „vor eineinhalb bis zwei Stunden. Da kann ich mich jetzt schon ziemlich genau festlegen."
Trotz der traurigen Umstände musste auch Fassbinder lächeln. Ja, sie kannten sich schon ein paar Jahre und der Polizeiarzt kannte die stereotypen Fragen der Beamten am Tatort und wusste, dass die Frage nach dem Todeszeitpunkt immer sofort gestellt wurde. „Das ist merkwürdig und passt nicht dazu, dass der Täter vor der Ermordung der Frau noch eine ganze Weile mit ihr verbracht haben muss ... Warum sonst die aufwändige Fesselung?"
„Wieso? Verstehe ich nicht", antwortete der Polizeiarzt. „Das ist doch nicht ausgeschlossen?"
„Doch schon, die Mittagspause ist von 13.00 bis 14.00 Uhr. Nach Ihrer Einschätzung müsste der Todeszeitpunkt aber schon ganz zu Beginn dieses Zeitfensters liegen. Irgendetwas stimmt da nicht. Und Sie sind sich ganz sicher?"
„Ja, ziemlich. Der Mord muss etwa zwischen 13.00 und 13.30 Uhr passiert sein."
„Marc, geh doch mal nach nebenan und frag den Filial-

leiter, wann Frau Friedrichs ihre Mittagspause angetreten hat.“

Während Marc in die Bank ging, bat Fassbinder einen Beamten der Spurensicherung, sich das Schloss der Wohnungstür einmal genauer anzusehen.

„Ist bereits geschehen! Keine Einbruchspuren. Wenn überhaupt, dann ist der Täter mit einem Zweitschlüssel in die Wohnung gekommen“, antwortete der Polizist.

„Hat alles seine Richtigkeit“, stürmte Marc nach einigen Minuten zurück in die Wohnung. „Sie hat sich kurz vor zwölf bei ihrem Chef abgemeldet. Sie habe noch etwas zu erledigen, was, hat sie nicht gesagt.“

„Da müssen wir gleich noch mal bei ihren Kollegen nachbohren. Vielleicht ist ja eine ‚beste Freundin‘ dabei, die mehr weiß, als die Anderen. Hier können wir eh´ nichts mehr ausrichten und stören bloß die Kollegen von der SpuSi bei der Arbeit“, blies Fassbinder zum Rückzug.

Der Polizeiarzt blieb vor Ort, weil er noch den Abtransport der Leiche ins Labor veranlassen und gleich anschließend mit der eingehenden Untersuchung der Leiche beginnen wollte.

Die weitere Befragung der Kollegen und des Filialleiters blieb ohne nennenswerte Ergebnisse. Eine Bekannte - ebenfalls Junggesellin wie die Tote - war gelegentlich mit ihr abends weggegangen, einmal auch zu einer ‚Ü-30-Party‘ in die Unihalle, aber ohne jeglichen Erfolg. Ferner wusste sie zu berichten, dass Karen Friedrichs schon mindestens zweimal alleine so ein Speed-Date-Treffen hier in Wuppertal besucht hatte, aber nicht einen einzigen männlichen Teilnehmer interessant genug fand, um ihm ihre E-Mail-Adresse zukommen zu lassen. Insgesamt wurde die Ermordete als kontaktscheue Einzelgängerin bezeichnet, über deren Privatleben wenig bekannt war.

Polizeipräsidium Wuppertal,
Mittwoch, 20. Mai, 12.20 Uhr

Gerade war eine weitere Pressekonferenz zu Ende gegangen. Der Innenminister hatte darum gebeten, die Medien jetzt in vollem Umfang „ins Boot zu holen“, wie er sich ausdrückte. Man wollte dem Vorwurf entgegentreten, Informationen zu lange zurückgehalten und damit möglicherweise Fahndungserfolge durch unterlassene Mitwirkung der Öffentlichkeit verhindert zu haben.

Die Konferenz war ruhig und sachlich verlaufen, das Medieninteresse gewaltig. Die Boulevardblätter hatten sich geschlossen auf die symbolträchtige Figur des Erzengels Gabriel gestürzt und ihm sofort satanische und psychopathische Züge verliehen.

Fassbinder betrat sein Büro. Seine Sekretärin hatte ihm etliche Morgenzeitungen auf den Schreibtisch gelegt. Sofort sprang ihm die in roten Lettern gehaltene Überschrift des ‚Wupperexpress‘ entgegen: DIE RÜCKKEHR DES ERZENGELS. Eigentlich hatte er nicht die Zeit, sich auch mit den zusammenphantasierten Storys der Regenbogenpresse zu beschäftigen. Doch dieser Artikel erweckte seine Aufmerksamkeit.

Es ist zu befürchten, dass der zweite grauenvolle Mord an einer Wuppertalerin erst der Anfang einer ganzen Reihe derartiger Gewaltverbrechen ist. Der Serienkiller selbst hat sich als Erzengel Gabriel geoutet. Liegt es da nicht nahe, dass es sich hier um die Rache des Mafiabosses Arcangelo Maglio handelt, der vor geraumer Zeit aus dem ehemaligen Gefängnis Bendahl ausgebrochen war und jetzt als Racheengel zurückgekehrt ist? Dafür spricht schon sein Pseudonym ‚Erzengel‘, unter dem wir ihn alle kannten.

Seine weitreichenden Kontakte ermöglichten ihm damals die Flucht aus dem Gefängnis durch die Sprengung einer Außentür. Die danach von ihm unverhohlen ausgestoßenen Drohungen der Stadt gegenüber, deren Obrigkeit es gewagt hatte, ihn festzusetzen, hallen noch nach. Das Echo erleben wir jetzt. Wird Wuppertal zum zweiten Sodom?
Und was macht der Leitende Herr Oberstaatsanwalt? Anstatt die Medien umfangreich zu informieren, schweigt er und begründet sein Schweigen mit ermittlungstaktischen Erwägungen! Das ist nicht die vertrauensvolle Zusammenarbeit zwischen Presse und Exekutive, an die immer appelliert wird, wenn es um das Recht der Pressefreiheit geht. Hier wird mit zweierlei Maß gemessen.
Kann der Staat es sich weiterhin leisten, seine Informationspflicht uns gegenüber mit Füßen zu treten? ...
Fassbinder hatte genug gelesen. So ein Quatsch, dachte er, und schmiss das Schmierblatt ärgerlich in den Papierkorb. Die seriösen Zeitungen hatten sehr viel sachlicher über die tragischen Ereignisse berichtet, schlossen aber aufgrund der vorliegenden Fakten psychische Störungen des Täters auch nicht aus. Er klemmte sich den ganzen Packen unter den Arm und machte sich auf den Weg in den Besprechungsraum. Seine Mitarbeiter warteten bereits auf ihn.
„Bin etwas spät dran, aber ich musste noch kurz die Artikel in der Morgenpresse überfliegen." Er warf den Stoß Zeitungen auf den Tisch. „Hat jemand den Schwachsinn im ‚Wupperexpress' gelesen?"
Die meisten nickten.
„Selten so einen Käse zu Gesicht bekommen! Die Sache mit dem Ausbruch von Arcangelo Maglio liegt fast 30 Jahre

zurück. Nur weil der sich damals ‚Erzengel' genannt hat!"
„Hauptsache, die Auflage stimmt", meinte Kirsten. „Der glaubt sicherlich selbst nicht an diesen Blödsinn."
„Das ist mir, pardon, scheißegal, ob der das glaubt oder nicht. Aber so ein geschriebener Quark führt bei einem Großteil der Bevölkerung zu einer wahren Hysterie. Da bekommen wir dann Hinweise über Hinweise, die uns nur in unserer Arbeit lähmen, weil wir gezwungen sind, ihnen nachzugehen."
Fassbinder beruhigte sich wieder, nachdem er Dampf abgelassen hatte. „So, nachdem wir jetzt wieder ganz unter uns sind, lasst mal hören, was es Neues gibt", eröffnete Fassbinder die Sitzung. „Wo sind Marc, Phillip und Ralph?"
„Die sind seit gestern Nachmittag fast ununterbrochen auf Achse und kümmern sich um die ‚Speed-Dater', die sowohl in Düsseldorf als auch in Wuppertal registriert sind", ließ sich Sven Ackermann - ein jüngerer Kommissar - vernehmen, „um möglichst schnell die Foto-Mappe zusammenzustellen. Die sollten wir dann auch den Bank-Mitarbeitern zeigen. Vielleicht ist ja einer der ‚Speed-Dater' in der Nähe der Bank gesehen worden und könnte somit unser Mann sein!"
„Das wäre wie ein Sechser im Lotto! Aber du hast Recht, wir dürfen nichts unversucht lassen und müssen eben manchmal auch auf unseren Kollegen ‚Kommissar Zufall' hoffen", antwortete Fassbinder.
Die vorliegenden Ermittlungsergebnisse teilte er in wenigen Worten mit, damit alle über den gleichen Informationsstand verfügten. Besondere Bedeutung maß er dem Umstand bei, dass die ‚Herz-Dame-Spielkarte' beim gestrigen Mord oben rechts gelocht war. Seiner Meinung

nach kein Zufall! Denn die ansonsten akribische Vorgehensweise bei der Tatausführung ließ keinen Raum für Zufälligkeiten.
„Könnte es sein“, meldete sich Svea Großmann, die der Sonderkommission zugeteilte Polizeipsychologin, „dass der Täter uns Hinweise geben will? Gerade bei Psychopathen haben wir häufig diese Ambivalenz zwischen ‚Entdeckt-werden-Wollen‘, um sich seiner Taten vor der Öffentlichkeit rühmen zu können, und der hybriden Einstellung von ‚Ihr-bekommt-mich-sowieso-nicht‘. Dabei sind die bewusst gelegten Spuren die Schlüssel, mit denen eine Tür nach der anderen aufgeschlossen werden soll bis zu dem Verlies, in dem das Geheimnis schlummert und zu dem der letzte Schlüssel fehlt.“
„Interessanter Aspekt. Das mit den bewusst gelegten Spuren haben wir auch schon erörtert. Ich habe deshalb veranlasst, dass in ganz Wuppertal die Blumenhändler systematisch befragt werden, ob jemand rosafarbene Rosen und zugleich auch weiße Lilien gekauft hat.“
„Wenn Sie mich fragen, eine überflüssige Recherche. Unser Täter ist so ausgefuchst, dass er einen solchen Fehler nicht begehen würde.“
„Mag sein, aber ich will auf Nummer sicher gehen! Zumal wir befürchten, dass weitere Morde folgen werden. Die Lochung der Spielkarte oben rechts könnte die Mitteilung an uns bedeuten ‚Das war der zweite Mord, weitere werden folgen!‘. Wie bei einer Mehrfahrtenkarte bei den Verkehrsbetrieben sind noch zwei Fahrten frei. Um mit seiner Sprache zu sprechen: Zwei Fahrten ins Jenseits!“
Nach diesem düsteren Bild, das er da skizziert hatte, herrschte eisiges Schweigen. Bewusst hatte er die Möglichkeit weiterer Morde in Betracht gezogen. Seine Mit-

arbeiter sollten den Zeitdruck spüren, ihre ganze Konzentration bündeln und auf das eine Ziel richten: Gabriel zu fassen, bevor weitere Menschen sterben mussten ...

Gabriels Wohnung, Donnerstag, 21. Mai, 12.30 Uhr

Gabriel saß auf seinem Balkon, im Schutz der Markise. Ein Platzregen war erst vor wenigen Minuten herabgeprasselt. Die Gehwegplatten glänzten feucht und der Asphalt der Straße dampfte noch.

Es war einer dieser typischen Maitage, in denen der Frühling erahnen ließ, welch schöne Tage der Sommer noch bringen würde. Die riesige Platane vor seinem Haus hatte wie jedes Jahr den Kampf mit der Kastanie auf der gegenüberliegenden Straßenseite verloren, die schon lange in ein dichtes Blätterkleid gehüllt war. Doch jetzt zeigte sich auch die Platane in einem zartgrünen Gewand.

Bei diesem Anblick jubilierte Gabriel innerlich. Alles war im Aufbruch begriffen. Auch er selbst hatte seine Fesseln abgestreift, die seine Seele so lange schnürten. Er war befreit, befreit von dieser Last, die auf seiner Seele lag und ihn zu zerquetschen drohte. Jetzt aber würde die Gerechtigkeit siegen. Niemand konnte sich ihm entgegenstellen auf seinem Kreuzzug durch Sodom und Gomorrha.

Er blickte nach oben gen Himmel und sprach leise zu seinem Herrn: „Gott, du mein Held. Führe mich, zeige mir deinen Weg. Den Weg der Sühne, auf dass die sündigen Weiber erlöset werden durch den Tod, damit ihre Seelen Frieden erlangen. Wie du mir geheißen, werde ich das eitel Weib töten, das dich verachtet!"

So saß er noch eine ganze Weile, in Gedanken versunken, die Hände gefaltet. Er bekreuzigte sich und atmete tief durch, als wolle er die Frühlingslüfte tief in seine Brust einsaugen. Dann griff er zur Morgenzeitung, die auf dem kleinen runden Tisch lag. Es tat ihm gut zu lesen, wie auch die Medien ihm die Referenz erwiesen. Man begegnete ihm mit Respekt. Respekt, der ihm gebührte ...

Polizeipräsidium Wuppertal,
Donnerstag, 21. Mai, 15.10 Uhr

Die Sammelmappe mit den Fotos der ‚Speed-Dater', die sowohl Veranstaltungen in Düsseldorf als auch in Wuppertal besucht hatten, war fertig und lag auf Fassbinders Schreibtisch. Er wartete auf Vera Corts und Carlo Mancini, die er nochmals ins Präsidium gebeten hatte.
Bereits am Vormittag hatte Phillip den Betreiber der Düsseldorfer Agentur, Bernd Herzberger, in seinem Lokal in der Bölker Straße aufgesucht. Er war sehr kooperativ, hatte sich viel Zeit genommen und sich auch die Fotos angesehen. Viele seiner Kunden erkannte er wieder, konnte sich aber bei keinem an besondere Vorfälle erinnern. Niemand von ihnen war in irgendeiner Weise negativ aufgefallen.
Fassbinder blieb noch gut eine Viertelstunde bis zum vereinbarten Termin. Er blätterte die Mappe durch, um sich auch die Namen einzuprägen, die - zusammen mit den Geburts- und den Besuchsdaten - unter den Fotos standen. Sie waren alphabetisch geordnet:
Bergmann, Kai, 06.08.1963,
Düsseldorf: 15.03.2008, 12.04.2008;
Wuppertal: 13.02.2009
Flores, Arantxa, 01.12.1974,
Wuppertal: 13.07.2007;
Düsseldorf: 06.10.2007
Göhrs, Christina, 29.02.1968,
Düsseldorf: 10.05.2008, 11.10.2008;
Wuppertal: 16.01.2009, 08.05.2009
Lagier, Bruno, 18.02.1967,
Düsseldorf: 08.04.2006, 17.06.2006;
Wuppertal: 10.10.2008, 13.03.2009

Manz, Christoph, 29.07.1961,
Düsseldorf: 28.01.2006, 25.03.2006;
Wuppertal: 21.11.2008
Zeitz, Marcus, 19.11.1972,
Düsseldorf: 08.04.2006;
Wuppertal: 13.03.2009

Wie er sich vergewisserte, hatten sämtliche Treffen in Düsseldorf samstags und die in Wuppertal freitags stattgefunden. Lediglich vier Männer und zwei Frauen waren in beiden Agenturen registriert. Zwei übereinstimmende Daten machten ihn stutzig: Sowohl am 8. April 2006, als auch am 13. März 2009 hatten Bruno Lagier und Marcus Zeitz gemeinsam an einer Speed-Date-Party teilgenommen, im April 2006 in Düsseldorf und im März 2009 in Wuppertal.
War das ein erster Hinweis? Der Hauptkommissar glich die Daten mit den Zeitpunkten des Gerresheim-Mordes und des ersten Mordes in Wuppertal ab. Tatsächlich. Zeitlich war es möglich. Der Gerresheim-Mord datierte vom 23. April 2006, einem Sonntag, also nur etwa zwei Wochen nach der Veranstaltung in Düsseldorf.
Fassbinder wirkte fast euphorisch, als Vera Corts und Carlo Mancini sein Büro betraten. Doch er behielt seine neuesten Erkenntnisse für sich. Er begrüßte beide herzlich und dankte ihnen, dass sie sich nochmals herbemüht hatten. Gemeinsam setzten sie sich an den kleinen Besprechungstisch.
„Das ist ja furchtbar, was augenblicklich in Wuppertal geschieht", meinte Vera betroffen. „Und sie vermuten, der Täter könnte unter unseren Kunden zu finden sein?"
„Sicher sind wir nicht, aber es wäre möglich. Ich habe

deshalb eine Mappe mit den Daten und den Fotos derjenigen zusammenstellen lassen, die sowohl Ihre Agentur als auch die Ihres Düsseldorfer Kollegen besucht haben."
„Sie sprechen von Bernd Herzberger?"
„Genau. Sie kennen ihn?"
„Ja, er ist schon sehr viel länger im Geschäft als ich. In der Zeit, als meine Scheidung in Düsseldorf lief, habe ich ihn einmal aufgesucht, um mich über diese Geschäftsidee zu informieren. Er war sehr auskunftsfreudig und meinte am Ende unseres Gesprächs sogar, ich solle doch mal darüber nachdenken, gegebenenfalls in Wuppertal eine Filiale seines Instituts ‚6-6-6' zu eröffnen. Das würde mein unternehmerisches Risiko minimieren."
„Und? Kam das für Sie in Betracht?"
„Ehrlich gesagt, nein! Mir war die Werbung für seine Speed-Date-Partys und auch das Ambiente seines Veranstaltungsraumes etwas zu - wie soll ich sagen - zu erotisch aufgemotzt."
„Sie meinen zu sexistisch?"
„Exakt!"
„Das heißt, Ihre Idee ist eher die langfristig angelegte Verbindung von Teilnehmern, denen Sie bei sich die Gelegenheit des ersten Kennenlernens geben wollen."
„Richtig. Das macht den Unterschied. Wenn Sie so wollen, ist es eine Frage der Seriosität. Und genau das macht mir großes Kopfzerbrechen. Wenn ich mir vorstelle, dass einer unserer Kunden ein Psychopath ist, der die Plattform, die ich biete, so schändlich missbraucht ..."
„Das steht ja alles noch nicht fest. Aber wir müssen es einkalkulieren."
„Es ist aber doch mehr als wahrscheinlich, denn wer außer einem meiner Kunden sollte ein Interesse daran

haben, bei mir einzubrechen, um meine Karteikarten zu entwenden? Und offensichtlich hat er es ja ausschließlich auf die Karten abgesehen. Wenn er die Kassette mit dem Wechselgeld gestohlen hätte, könnte ich hinsichtlich der Karten ja noch an einen Zufall glauben ... Aber so muss ich das schon als ganz gezielte Aktion ansehen. Und dann kommt meiner Meinung nach nur einer meiner Kunden in Frage." Vera hatte sich richtig in Rage geredet und ihr war anzumerken, wie sehr sie die ganze Angelegenheit mitnahm.

„Es stimmt schon, was Sie sagen, Frau Corts, aber wir müssen auch in Erwägung ziehen, dass sich irgendein Spinner die Karten angeeignet hat, aus welchem Grund auch immer", versuchte Fassbinder beschwichtigend auf Vera einzuwirken. „Wollen wir uns jetzt die Fotos ansehen?"

Damit wandte er sich der Mappe zu, die er bereits zuvor auf den Tisch gelegt hatte. Er ging die einzelnen Bilder mit Vera und Carlo durch. Auf den Umstand, dass Bruno Lagier und Marcus Zeitz damals in Düsseldorf und jetzt kürzlich in Wuppertal gemeinsam ein Speed-Dating besucht hatten, wies er besonders hin. Vera konnte sich nur schwach erinnern, aber Carlo umso deutlicher, weil die Beiden - mit viel Sitzfleisch ausgestattet - bis gegen Mitternacht noch im Bistro an der Bar gesessen hatten, während Vera schon in ihrem Büro verschwunden war, um die Karteikarten auszuwerten.

„Sehen Sie", meinte Carlo, „dieses Bild hier - und er wies auf das Foto über den Daten von Marcus Zeitz - wurde bei uns an der Bar gemacht! Die Beiden haben ihr Wiedersehen gefeiert und das Bild mit Selbstauslöser von einem der Bistrotische aus aufgenommen. Im Hintergrund bin ich sogar noch, wenn auch etwas verschwommen, zu erkennen."

Fassbinder hatte sich beim ersten Durchblättern schon gewundert, wieso von Marcus Zeitz kein Passfoto in der Akte war. Offensichtlich keins zur Hand, hatte er sich gedacht, und dann festgestellt, dass auch Christina Göhrs den Ermittlern nur ein privates Foto ausgehändigt hatte.

„Waren nur noch die beiden Männer bis zum Schluss im Bistro? Keine Frau?"

„Nein, nur noch die Beiden. Die Anderen waren längst gegangen. Ich bin dann auch kurz nach ihnen abgehauen. Vera war noch im Büro und hat das Bistro abgeschlossen."

„Ja, stimmt, ich erinnere mich. Meistens ist Carlo der Letzte. Aber ich hatte am nächsten Morgen noch was zu erledigen. Deshalb habe ich die Auswertung noch fertig gemacht und bin dann gegen halb eins aufgebrochen."

Sie gingen noch die anderen Fotos durch. Aber ohne Ergebnis. Bei allen Teilnehmern, deren Fotos sich in der Mappe befanden, war Vera und Carlo nichts Besonderes aufgefallen, das im Gedächtnis haften geblieben wäre.

Fassbinder klappte die Mappe zu und legte sie zu den anderen Unterlagen auf seinen Schreibtisch. Veras Blick folgte automatisch der Bewegung seiner Hand.

„Moment mal", stieß sie aufgeregt hervor. Auf einem Aktenstapel lag ein Foto von einer Frau, die sie kannte.

„Was ist? Was haben Sie?"

„Was hat es mit diesem Foto auf sich?"

„Das ist Maren Trautmann, das erste Opfer!"

„Die Ermordete von vorletztem Sonntag?"

„Ja. Wieso? Kennen Sie sie?"

„Hier Carlo, sieh dir das Foto an", stammelte sie das Bild

ergreifend und fuchtelte damit unter Carlos Nase herum. „Erkennst du sie wieder?“

„Ja, sie hat irgendwann im Frühjahr an einer unserer Partys teilgenommen.“

„Warum haben Sie ihr Bild nicht veröffentlicht? Dann hätten Sie doch sicherlich schon früher erfahren, dass sie eine meiner Teilnehmerinnen war?“ fuhr Vera nach kurzem Schweigen fort.

„Das haben wir ganz bewusst nicht getan. Unsere Erfahrung sagt uns, dass durch die Hinweise der Öffentlichkeit zur Person des Opfers zu viele unserer Ermittler gerade in der Anfangsphase gebunden werden und dann meist mit überflüssigen Nachforschungen beschäftigt sind. Zu einem späteren Zeitpunkt hätten wir das nachgeholt, aber nicht in so frühem Stadium der Ermittlungen. Verstehen Sie?“

„Ehrlich gesagt, nein. Und außerdem haben Sie doch meine Datei ... Haben Sie die Namen nicht mit denen der Toten abgeglichen?“

Jetzt geriet Fassbinder sichtlich ins Grübeln. Das war in der Tat nicht geschehen. Bei ihrer operativen Fallanalyse hatten sie sich offensichtlich zu sehr mit der vermeintlichen Verbindung zwischen dem Gerresheim-Mord und mit dem ersten Mord in Wuppertal beschäftigt und dabei naheliegende Aspekte außer Acht gelassen.

„Sie haben Recht, Frau Corts, das haben wir versäumt. Ein mehr als bedauerlicher Fehler. Aber auch bei früherer Kenntnis dieses Umstands hätten wir den zweiten Mord kaum vermeiden können“, antwortete Fassbinder frustriert und es war ihm anzumerken, wie unwohl er sich augenblicklich in seiner Haut fühlte.

„Jetzt wage ich kaum zu fragen, ob Sie auch Frau Karen

Friedrichs gekannt haben?“ meinte Fassbinder und kramte das zweite Bild hervor, das halb unter der Akte hervorlugte.
„Oh, mein Gott“, seufzte Vera beim Anblick des Fotos und hielt es Carlo hin, der nur stumm nickte.
„Heißt das ja?“ fragte Fassbinder völlig überflüssigerweise.
„Das ist ja furchtbar. Mein Bistro als Tummelplatz für einen Psychopathen ... Ich kann´s nicht fassen!“ Eine Träne kullerte Vera über ihr Gesicht und dann fing sie, die sich sonst immer so gut im Griff zu haben glaubte, zu weinen an.
Hilflos stand der Kommissar daneben. Er war der Situation nicht gewachsen. Carlo war der Erste, der sich aus der Starrheit löste und Vera in den Arm nahm. Willenlos ließ sie, die sonst immer so unnahbar war, es mit sich geschehen.
Gemeinsam traten sie schließlich hinaus auf den kahlen langen Flur des Polizeipräsidiums. Fassbinder begleitete Vera und Carlo hinunter. Vor dem Gebäude verabschiedete er sich, dankte ihnen und versprach, alles daran zu setzen, den Mörder so schnell wie möglich zu fassen.

Polizeipräsidium Wuppertal,
Donnerstag, 21. Mai, 18.15 Uhr

Fassbinder wusste, dass seine Mitarbeiter moserten, wenn er die Besprechungen auf einen so späten Termin setzte. Der Vorteil aber lag darin, dass dann alle ihr Tagesgeschäft - in solchen Fällen oft das ungeliebte ‚Klinken-Putzen' - hinter sich hatten und so vollständig anwesend waren. So ließen sich Informationsverluste vermeiden.
Wäre der Termin nicht ohnehin schon fest vereinbart gewesen, hätten die neuesten Erkenntnisse ihn erforderlich gemacht. Mit gehöriger Wut im Bauch, die sich nicht nur gegen sein Team, sondern auch gegen sich selbst richtete, erwartete er schon etliche Minuten vor dem Termin seine Mitarbeiter im Besprechungsraum.
Auf mehreren nebeneinander postierten Flipcharts hatte Fassbinder am Nachmittag die Daten und Fakten notieren lassen. Oft wurde der Bezug der Fakten zueinander auf diese Weise deutlich, und es ergaben sich neue Aspekte.
Auf dem linken Blatt waren die Daten und Namen der Speed-Date-Besucher aus der Foto-Mappe aufgelistet, ganz oben ‚B. Lagier' und ‚M. Zeitz', darunter die übrigen Teilnehmer.
Auf dem Blatt direkt daneben prangte in großen Lettern der Name GABRIEL. Alle Gesichtspunkte waren hier notiert, die zu diesem Thema gesammelt worden waren.
Auf dem Blatt des dritten Flipcharts befanden sich alle mit den Taten im Zusammenhang stehenden Daten, auf dem nächsten die Namen und die Funktionen sämtlicher Personen im Umfeld der Opfer.
Das fünfte Blatt schließlich gab Aufschluss über die Vorgehensweise des Täters, seine dabei benutzten Mittel und

Gegenstände sowie die zusätzlich mitgebrachten Utensilien wie Spielkarte und Blumen.

Fassbinder eröffnete die Sitzung und seiner Stimme war sofort anzumerken, dass seine Laune im Keller war.

„Nehmt euch bitte ein paar Minuten Zeit und lasst alle Daten und Fakten auf euch wirken. Achtet auf Zusammenhänge, die wir bisher eventuell übersehen haben. Alles, was euch auffällt, kann wichtig sein. Also konzentriert euch!“

Als ein paar Minuten später allgemeines Gemurmel einsetzte, war das für Fassbinder das Zeichen, dass alle die Blätter nochmals gründlich studiert hatten.

„Fällt euch irgendwas auf?“

Dass sich ausnahmsweise niemand meldete, war auf die knisternde Spannung zurückzuführen. Niemand wollte sich eine verbale Breitseite einfangen.

„Schaut mal auf das zweite Blatt von rechts!“ startete Fassbinder einen neuen Versuch.

„Die Namen und Funktionen der Personen im Umfeld von ‚Opfer 1‘ und ‚Opfer 2‘ sind genannt, nicht aber die Namen der Opfer selbst“, meldete sich Marc, etwas leiser als sonst.

„Sehr richtig bemerkt!“ sagte Fassbinder mit ironischem Unterton. „Und warum nennen wir deren Namen nicht? Aus Pietät? Oder gibt es andere Gründe?“ kam es etwas schroff zurück.

Alle merkten ihrem Chef unschwer seinen Ärger an. Seine Stimme klang nach drohendem Gewitter. Er war kein Künstler der Verstellung.

„Nun sagen Sie schon, Chef, was haben wir verbockt?“ wagte Marc einen Vorstoß selbst auf die Gefahr hin, dass

er jetzt allein den Rüffel würde einstecken müssen.
Aber Fassbinder schätzte es, wenn seine Mitarbeiter Mut bewiesen. Und diese Frage zu stellen, war in der augenblicklichen Situation mutig, wie er wusste. Also beruhigte er sich wieder und antwortete in normaler Tonlage.
„Wir ... „, und er benutzte bewusst den Plural, „wir haben das Einfachste übersehen. Voll Elan haben wir uns darauf gestürzt, Parallelen zwischen dem Mord in Gerresheim und den Taten in Wuppertal zu finden. Wir haben die Dateien abgeglichen und die Namen derer herausgefiltert, die sowohl die Düsseldorfer als auch die hiesigen Speed-Date-Partys besucht haben. Was wir nicht gemacht haben, ist der Abgleich der Dateien mit den Namen der Ermordeten ... „
Eine Nadel hätte man zu Boden fallen hören können. Es war mucksmäuschenstill.
„Das heißt“, meldete sich erneut Marc zu Wort, „die Opfer waren Kundinnen des Bistros ‚Vera & Friends‘?“
„Exakt!“
„Und was ist mit der Ermordeten aus Gerresheim?“
„Das musst du noch prüfen. Wo hast du die Disketten mit den Dateien?“
„In meinem Büro“, antwortete Marc. „Aber ich habe die Dateien hier auf meinem Laptop abgespeichert. Einen Moment.“
Er gab den Namen ‚Jadwiga Wieniawski‘ ein und glich ihn mit der Düsseldorfer Datei ab.
„Treffer“, kam es eher kleinlaut als triumphierend über seine Lippen. „Ja, sie hat die Speed-Date-Party am 8. April 2006 in Düsseldorf besucht.“ Sofort sahen alle auf das linke Flipchart, auf dessen Blatt das Datum zweimal stand, einmal unter dem Namen ‚B. Lagier‘ und ein zweites Mal

unter dem Namen ‚M. Zeitz'.
„Also gibt es doch eine Verbindung zwischen dem Gerresheim-Mord und den Morden in Wuppertal", konstatierte Fassbinder. „Völlig untypisch für einen Serienmörder, mit dem wir es offensichtlich zu tun haben, ist die große Zeitspanne zwischen den Taten ... über drei Jahre."
Es herrschte tiefe Betroffenheit. Man war ein Stück weiter, eigentlich ein Erfolg. Aber alle wussten auch, dass es jetzt bereits drei Morde waren und weitere folgen könnten.
„Dann schau doch jetzt bitte noch mal nach, wann Maren Trautmann und Karen Friedrichs die Speed-Date-Partys hier in Wuppertal besucht haben und ergänze die Daten auf dem Flipchart!"
Nachdem er die Daten in seinem Laptop gefunden hatte, ging Marc nach vorne und schrieb unter die Namen der Speed-Date-Besucher aus der Foto-Mappe ‚Maren Trautmann (16.01.2009)' und ‚Karen Friedrichs (13.03.2009)'. Mit Bedacht hatte er dieses Blatt ausgewählt, denn sofort fiel allen die dreifache Identität eines Datums auf. Das konnte kein Zufall sein! Am 13. März waren sowohl das spätere Opfer Karen Friedrichs als auch die beiden Männer, die vor drei Jahren schon einmal gemeinsam eine Veranstaltung in Düsseldorf besucht hatten, Teilnehmer in Wuppertal.
„Das ist ein echter Hammer", entfuhr es Fassbinder. „Jetzt lasst noch einmal alle Daten, Namen und Fakten auf euch wirken. Fällt jemandem noch irgendwas auf, was weniger augenfällig ist als diese übereinstimmenden Daten?"
Äußerst konzentriert lasen Fassbinder und seine Mitarbeiter sich die Notizen auf den verschiedenen Blättern nochmals schweigend durch.
Phillip meldete sich als Erster. „Svea hat", dabei wand-

te er sich an die neben ihm sitzende Polizeipsychologin, „in einer der vorangegangenen Besprechungen gesagt, der Täter will uns Hinweise geben. Die weißen Lilien deuten, nachdem was ich gelesen habe, auf den Todesengel Gabriel hin. Was aber ist mit den rosafarbenen Rosen? Sollen sie unsere Ermittlungen auf das Bistro lenken? Und auch die jeweils neun Einstiche könnten als entsprechender Hinweis zu verstehen sein. So wäre auch zu erklären, warum es bei dem Gerresheim-Mord nur drei Einstiche gab, denn damals gab es noch keinen Bezug zu den drei Neunen, einem Bestandteil des Wuppertaler Bistro-Logos."

„Danke, Phillip. Scheint mir ein guter Gesichtspunkt zu sein. Das mit den Rosen solltest du weiter verfolgen. Schau dir daraufhin noch mal das Bistro an!"

Ganz unerwartet stand Svea Großmann plötzlich auf und ging nach vorne an die Flipcharts. Sie nahm einen der Filzstifte zur Hand und strich im Namen von „B. Lagier" das „g" durch und schrieb unter den Namenszug ein großes „G". Nacheinander strich sie so sämtliche Buchstaben durch und notierte jeweils einen entsprechenden Buchstaben darunter, bis in großen Buchstaben der Name GABRIEL zu lesen war.

Atemlose Stille. Dann redeten - wie auf Kommando - alle durcheinander. Satzfetzen wie „gibt´s doch nicht" und „unglaublich" oder „nicht zu fassen" schwirrten durch die Luft.

„Zufall?" stellte Fassbinder die Frage in den Raum, „oder gar ein weiterer, vielleicht sogar der entscheidende Schlüssel zum geheimen Verlies, um deine Metapher zu zitieren", wandte er sich an Svea, die immer noch neben dem Flipchart stand, einerseits triumphierend, aber andererseits doch auch noch Zweifel hegend. „Eines ist auf je-

den Fall klar", fuhr er mit seinen Überlegungen fort, „jetzt werden wir uns auf diesen Bruno Lagier stürzen und gnade ihm Gott, wenn er unser Mann ist!"
Fassbinder bat Marc und Phillip, alle notwendigen Informationen über Lagier zusammenzutragen, um so möglichst unverzüglich die Festnahme durchführen zu können.
„Sollen wir ihn festnehmen oder sollen wir die Kollegen in Düsseldorf bitten?" fragte Marc.
„Nee, das lass uns mal selbst machen. Den Triumph sollten wir uns nicht nehmen lassen. Ich komme gleich rüber zu euch. Habt ihr heute Abend Zeit?"
„Eigentlich hatte ich meiner Frau versprochen, heute mal früher nach Hause zu kommen ... Aber das lass ich mir natürlich nicht entgehen!" meinte Phillip.
„Und du Marc?"
„Ist okay, Chef. Ich komm natürlich auch mit!"
„Gut, dann bis gleich."
Seine Mitarbeiter verließen den Raum. Svea Großmann und er blieben allein zurück.
„Alle Achtung, Svea, verdammt gut zusammengepuzzelt. Auf so einen Gedanken mit dem Anagramm muss man erst einmal kommen!"
„Vielleicht habe ich da als Psychologin den anderen gegenüber einen kleinen Vorsprung. Wahrscheinlich kann ich mich besser in die Denkweise des Täters hineinversetzen. Und ich lasse mich bei allen meinen Überlegungen ganz stark davon leiten, dass er uns Hinweise geben will ..."
„Wollen wir hoffen, dass du Recht hast. Vielleicht erwischen wir ihn noch heute. Sonst sicherlich morgen früh."
Und mit einem „Tschüss Svea, schönen Abend!" verab-

schiedete er sich von ihr.
„Viel Erfolg, Chef. Dann bis morgen!"
Die Uhr zeigte 19.40 Uhr. Marc hatte inzwischen sämtliche erforderlichen Informationen aus dem Zentralcomputer geholt. Lagier war in Wuppertal-Vohwinkel, im Heinrich-Bammel-Weg 2, gemeldet. Über das Festnetz wählte Marc seine Nummer.
„Ja, bitte?"
„Hier ist Schmidthuber. Mit wem spreche ich?"
„Lagier, Bruno Lagier! Wer ist denn dort?"
„Schmidthuber. Ist da nicht Martens?"
„Nein, Lagier!"
„Oh, Entschuldigung, da muss ich mich verwählt haben!"

**Heinrich-Bammel-Weg 2,
Donnerstag, 21. Mai, 20.10 Uhr**

Fassbinder hatte den Wagen bereits vorfahren lassen. Mit eingeschaltetem Blaulicht ging´s durch die Talsohle in Richtung Westen. Unter der Schwebebahntrasse fuhren sie in Vohwinkel durch die Kaiserstraße bis zur Endhaltestelle. Von hier aus waren es nur noch zwei Minuten bis zum Heinrich-Bammel-Weg. Für den Rest der Strecke schaltete der Fahrer deshalb das Blaulicht aus.
Sie klingelten in Parterre, wiesen sich dem verdutzten Mieter gegenüber aus und stürmten die Treppe hinauf in den dritten Stock. Aus der Wohnung Lagiers drang die Stimme des ARD-Nachrichtensprechers. Der Summer für die Haustür wurde gedrückt und gleichzeitig die Wohnungstür geöffnet. Völlig überrascht sah Lagier sich den drei Beamten und ihren schussbereiten Pistolen gegenüber.
Fassbinder wies sich aus und stellte seine Kollegen vor, die Lagier ebenfalls ihre Ausweise unter die Nase hielten. „Nehmen Sie die Hände hoch und gehen Sie langsam rückwärts in Ihre Wohnung."
Lagier wusste nicht, wie ihm geschah. Die Furcht war ihm ins Gesicht geschrieben. Ganz langsam bewegte er sich mit erhobenen Händen rückwärts. Auf die Frage, ob noch jemand in der Wohnung sei, schüttelte er den Kopf. Es hatte ihm die Sprache verschlagen.
„Sie wissen, warum wir hier sind?"
„Wie sollte ich", antwortete er. „Ich hab keine Ahnung, was Sie von mir wollen?!"
„Sagt Ihnen der Name Gabriel etwas?"
„Ja, Sie meinen den aus der Bibel, den Erzengel."
„Ganz richtig und seinen wieder auferstandenen irdischen

Nachfolger!“
„Verstehe ich nicht!“
„Sie verfolgen also nicht die Nachrichten“, meinte er mit Blick auf den eingeschaltete Fernseher, in dem gerade die Tagesschau lief, „und lesen auch keine Zeitung?“ erwiderte Fassbinder höhnisch und er merkte, wie der Ärger über die Kaltschnäuzigkeit seines Gegenübers langsam in ihm aufstieg.
„Sie meinen diese Morde hier in Wuppertal?“
„Ganz recht. Kommt Ihr Gedächtnis so langsam zurück?“
„Klar, darüber habe ich gelesen. Aber, verdammt noch mal, was hat das mit mir zu tun?“
„Also so kommen wir nicht weiter. Ich kläre Sie deshalb jetzt erst mal über Ihre Rechte auf. Sie haben das Recht zu schweigen, aber alles, was Sie von jetzt an sagen, kann gegen Sie verwendet werden!“
„Soll das heißen, dass Sie mich verhaften wollen?“
„Nein. Aber wir werden Sie vorläufig festnehmen und morgen im Laufe des Tages dem Haftrichter vorführen.“
„Und warum um alles in der Welt wollen Sie mich festnehmen?“ erwiderte Lagier wütend.
„Wegen des dringenden Tatverdachts, drei Frauen ermordet zu haben!“
„Das gibt´s doch gar nicht! Sind Sie jetzt total übergeschnappt?“
„Vorsicht! Sagen Sie jetzt lieber nichts. Packen Sie das Nötigste ein und ziehen Sie sich eine Jacke oder einen Mantel an. Wir werden Sie jetzt mitnehmen ins Polizeipräsidium. Wo haben Sie Ihre Sachen?“
„Im Schlafzimmer“, meinte Lagier resignierend und schon etwas kleinlauter als noch vor wenigen Augenblicken.
„Meine beiden Kollegen werden Sie begleiten. Ich werde

mich inzwischen hier ein bisschen umschauen."
„Dürfen Sie das denn überhaupt? Brauchen Sie da nicht einen Durchsuchungsbefehl?"
„Nein. Nicht bei Gefahr im Verzug! Im Übrigen werden wir morgen ohnehin Ihre Wohnung auf den Kopf stellen. Ich will nur mal einen flüchtigen Blick werfen, ob ..."
„Da können Sie lange suchen", schnitt Lagier ihm das Wort ab, „da werden Sie nichts finden, was Ihre absurden Vorwürfe erhärten würde. Aber suchen Sie ruhig!"
Damit verschwand er - begleitet von Marc und Phillip - im Schlafzimmer.
Die Festnahme war im Haus nicht unbemerkt geblieben. Auf dem unteren Treppenabsatz hatten sich einige Mitbewohner versammelt und wollten von dem Mieter in Parterre Näheres erfahren. Als Fassbinder mit seinen Leuten und Lagier, dem sie inzwischen Handschellen angelegt hatten, die Treppe herunterkam, wandten sie sich ab, scheinbar mit einer anderen Sache beschäftigt.
Die Fahrt nach Barmen verlief schweigsam. Alle hingen ihren Gedanken nach. Sie lieferten Lagier bei den wachhabenden Beamten im Polizeipräsidium ab, die ihn in Gewahrsam nahmen.
Ein langer Tag ging zu Ende. Fassbinder bedankte sich bei seinen Mitarbeitern. „Grüße deine Frau von mir und sage ihr, es täte mir Leid, dass ich zurzeit so wenig Rücksicht auf die familiären Interessen nehmen kann", meinte er, an Phillip gewandt.
„Sie wird´s verstehen. Das ist wirklich von Vorteil, dass sie auch lange bei dem Laden gewesen ist. Ich hoffe nur, dass nun wenigstens das kommende Wochenende ruhiger wird."
„Das hoffe ich auch! Gute Nacht, ihr Beiden!"

Polizeipräsidium Wuppertal,
Freitag, 22. Mai, 8.30 Uhr

Noch am Abend hatte Lagier darum gebeten, man möge das Büro seines Anwalts so schnell wie möglich verständigen. Als Leiter eines Reisebüros im Zentrum von Düsseldorf hatte er viel mit der Sozietät Prof. Grainer, Dr. Janhssen, Mattheis und Partner zu tun, die sich einen Namen als Fachanwälte für Strafrecht erworben hatten. Aber auch die anderen Sparten deckten sie ab, denn inzwischen zählten sie zu den größten Kanzleien in Düsseldorf. Vor ein paar Jahren war er einmal wegen Körperverletzung angeklagt gewesen, nachdem ein Geschäftspartner Firmengelder unterschlagen und er ihn daraufhin etwas unsanft zur Rede gestellt hatte. Dr. Janhssen hatte ihn gut verteidigt und so war er mit einem blauen Auge davongekommen. Von einem der jüngeren Kollegen war er in letzter Zeit auch verschiedene Male erfolgreich in Wettbewerbsstreitigkeiten vertreten worden.
Sofort am nächsten Morgen erfolgte der Rückruf von Dr. Janhssen, nachdem seine Sekretärin die gespeicherten Anrufe abgehört und ihn informiert hatte. Er fragte bei Fassbinder nach, wann er seinen Mandanten sprechen könne.
„Wenn Sie wollen, sofort. Wann können Sie hier sein?“
„In einer Stunde. Passt das?“ fragte Dr. Janhssen. „Und ich möchte Sie bitten, mit der Befragung meines Mandanten erst zu beginnen, wenn ich mit ihm gesprochen habe“, sagte er mit Nachdruck.
„Geht in Ordnung. Wir werden Ihrem Mandanten mitteilen, dass Sie angerufen haben und gegen zehn hier sein werden!“

„Danke. Bis nachher!“

Fassbinder informierte seine Mitarbeiter und ließ sich über die neuesten Erkenntnisse berichten. Viel war es nicht. Aber die letzte Besprechung lag ja auch erst wenige Stunden zurück. Ein weiteres Mosaiksteinchen hatte sich ins Bild gefügt. In einem mit Vera Corts geführten Telefonat hatte Phillip erfahren, dass sie auf die Tische ausschließlich kleine Vasen mit einer einzelnen rosafarbenen Rose stellte. Ihr Lieferant sei ein holländischer Blumenladen, gleich bei ihr um die Ecke.

„Gabriel scheint also tatsächlich mit diesen Rosen auf Veras Bistro hinweisen zu wollen“, stellte Svea fest. „Zugleich könnte die Kombination von Rose und Lilie auch Liebe und Tod symbolisieren.“

„Oder Anfang und Ende ...“ ergänzte Fassbinder.

„Dann vielleicht auch das Ende einer Liebe“, meinte Svea.

„Das sind zwar alles Spekulationen, aber ich denke, dass wir nicht weit weg von dem sind, was Gabriel uns sagen will“, beendete Fassbinder den Dialog. „Marc, ich hätte dich nachher gerne bei der Vernehmung dabei. Der Rechtsanwalt kommt gegen zehn. Geht das klar?“

„Ja, Chef. Ich bin mit Phillip in meinem Büro. Wir wollen uns möglichst schnell auch mit Marcus Zeitz in Verbindung setzen. Vielleicht kann er uns ein paar Hinweise zu Lagier geben. Und interessant ist sicherlich auch, was er über die gemeinsam besuchten Veranstaltungen zu berichten weiß.“

Polizeipräsidium Wuppertal,
Freitag, 22. Mai, 10.20 Uhr

Dr. Janhssen gehörte zu dieser Generation von Anwälten, die trotz guter Examina erst durch die Tretmühle einer gestandenen Anwaltskanzlei gehen mussten, um mit einer Partnerschaft liebäugeln zu können. Inzwischen war er Anfang fünfzig und seit ein paar Jahren Seniorpartner in einer großen Düsseldorfer Kanzlei mit einem beachtlichen Anteil vom großen Kuchen, der ihm zwei luxuriöse Urlaube im Jahr und auch sonst einen komfortablen Lebensstandard erlaubte. Seine Figur hielt er durch ein regelmäßiges Fitness-Training, das er morgens im Keller seines Einfamilienhauses in Hilden absolvierte, in Form. Sein glatt rasierter Kopf erinnerte an den eines Habichts, zum einen wegen seiner scharf geschnittenen Nase, zum anderen wegen seiner Angewohnheit, den Kopf beim Reden stoßartig nach vorne zu bewegen. Auch seine bernsteinfarbenen Augen, die ständig in Bewegung waren, verstärkten diesen Eindruck. Bei Gericht und bei seinen Kollegen war er wegen seines scharfen Verstandes geschätzt und gefürchtet, wenngleich er gelegentlich etwas zu spontan zu reagieren pflegte.
Dr. Janhssen entschuldigte sich für die Verspätung. „Leider habe ich auf der A 46 im Stau gestanden. Es ist eine Krux mit den Baustellen."
„Kein Problem, wir haben noch ein paar Arbeitsvorräte, so dass wir nicht Däumchen drehen mussten", scherzte Fassbinder und lockerte so gleich die Atmosphäre auf. Im Laufe seiner langen Dienstzeit hatte er gelernt, erheblich besser damit zu fahren, die Strafverteidiger nicht von vornherein als humorlose Gesellen einzustufen.

Auch der Leitende Oberstaatsanwalt wohnte der Vernehmung bei. Dr. Janhssen und er kannten sich gut, denn beide waren Mitglieder im Golfclub Haan-Düsseltal. Trotz der etwas ungewöhnlichen Situation konnten sie Privates und Berufliches trennen, auch wenn sie das vertraute „Du“ beibehielten.

Fassbinder nannte zunächst den Tatvorwurf und begründete dann die vorläufige Festnahme. Besonders wies er auf das Datum ‚13. März 2009‘ hin, an dem sowohl der Beschuldigte als auch das zweite Mordopfer eine Speed-Date-Party hier in Wuppertal besucht hätten.

„Und auf dieser Zufälligkeit stützen Sie Ihren Mordvorwurf gegenüber meinem Mandanten? Das kann nun wirklich nicht Ihr Ernst sein!“

„Warten Sie´s ab!“ fuhr Fassbinder ihm ein wenig unwirsch in die Parade. „Es gibt da noch ein zweites Datum. Ihr Mandant hat nämlich auch am 8. April 2006 eine solche Veranstaltung in Düsseldorf besucht.“ Bewusst machte Fassbinder hier eine Pause, um sein Gegenüber erneut zu einer unbedachten Äußerung zu provozieren, die dann auch prompt kam.

„Und dass er solche Partys schon vor drei Jahren besucht hat, das wollen Sie ihm jetzt vorwerfen und daraus ein Motiv basteln, oder wie soll ich das verstehen?“

Innerlich musste Dr. Wehmayer grinsen. Denn er kannte den Hauptkommissar schon so lange und wusste, dass solche Pausen immer dazu dienten, den gegnerischen Anwalt aus der Reserve zu locken. Denn oft genug war es Fassbinder schon passiert, dass der Richter bei der Vorführung eines Beschuldigten zum Erlass eines Haftbefehls oder später bei einem Haftprüfungstermin die Argumente der Mordkommission als nicht stichhaltig oder auf Ver-

mutungen basierend vom Tisch gewischt hatte. Dieses Mal wollte Fassbinder hieb- und stichfeste Beweise liefern.
„Nein, ganz und gar nicht. Aber es fällt schon schwer, wieder an einen Zufall zu glauben, dass eine junge Frau gut zwei Wochen später in Gerresheim ermordet wurde und zuvor dieselbe Veranstaltung wie Ihr Mandant besucht hatte."
Dr. Janhssen wirkte nachdenklich. Sein Lächeln war gewichen. „Dürfte ich mich ein paar Minuten mit meinem Mandanten alleine besprechen?"
„Selbstverständlich! Wir gehen so lange ins Büro. Klopfen Sie bitte an diese Tür, wenn Sie fertig sind. Der Beamte wird uns verständigen", antwortete Fassbinder eine Spur zu freundlich, aber er konnte und wollte seinen Triumph nicht verbergen.
„Eins zu Null für Sie, taktisch brillant!" lobte Dr. Wehmayer ihn auf dem Weg zu seinem Büro. „Was haben Sie denn noch so in petto?"
Er berichtete ihm von dem als Tatwaffe verwendeten Faustmesser. Über das Thema Gabriel war er ja bereits hinreichend durch die Medien informiert, staunte aber nicht schlecht, als Fassbinder ihm die Sache mit dem Anagramm schilderte.
„Wem ist das denn aufgefallen?"
„Der Polizeipsychologin, Svea Großmann!"
„Chapeau! Großartig. Na, da scheinen Sie ja mit Lagier den richtigen Fisch an der Angel zu haben. Und was ist mit seinen Alibis?"
„So weit sind wir noch nicht. Aber bei den erdrückenden Indizien dürfte das wohl eher Formsache sein!"
„Na, hoffentlich!" In diesem Moment klopfte es an der

Tür und der Beamte vom Vernehmungsraum trat ein. „Die Herren wären dann so weit, soll ich ausrichten!“
„Vielen Dank. Wir kommen.“

„So, will Ihr Mandant jetzt ein Geständnis ablegen?“ wandte Fassbinder sich gleich beim Betreten des Zimmers forsch an Dr. Janhssen.
„Warum sollte er? Ihr Tatvorwurf ist völlig unbegründet. Mein Mandant hat nichts zu gestehen, wie er mir soeben glaubhaft versichert hat. Auch so ein Faustmesser - das soll ja wohl die in beiden Fällen verwendete Tatwaffe sein - hat er noch nie in der Hand gehabt, geschweige denn besessen“, konterte Dr. Janhssen, der inzwischen seine normale Gesichtsfarbe wieder erlangt hatte. „Sie haben uns im Übrigen auch noch nichts zur Tatzeit gesagt, an denen die Morde geschehen sind. Also, wann haben die Morde stattgefunden?“
„Wie Sie wissen, beschuldigen wir Ihren Mandanten des dreifachen Mordes. Die am weitesten zurückliegende Tat datiert vom 23. April 2006, einem Sonntag. Das Verbrechen fand morgens zwischen 11.00 und 12.00 Uhr nach dem Besuch des Gottesdienstes in der Wohnung des Opfers statt. Der erste Mord in Wuppertal geschah dann - ebenfalls an einem Sonntagvormittag nach dem vom Opfer besuchten Gottesdienst - etwa zur gleichen Tageszeit. Es war der 10. Mai 2009. Der jüngste Mord datiert vom letzten Dienstag und wurde in Elberfeld in der Calvinstraße begangen, und zwar zwischen 13.00 und 13.30 Uhr.“
Jetzt meldete sich erstmals Lagier zu Wort, der bis dahin konstant geschwiegen hatte, wie mit seinem Anwalt verabredet. „Zum ersten Zeitpunkt kann ich natürlich ohne meine Unterlagen nichts sagen. Sonntags stehe ich immer spät

auf und schaue mir - als politisch interessierter Mensch - dann regelmäßig den Presseclub von 12.00 bis 12.45 Uhr an."
„Zeugen?" funkte Fassbinder dazwischen.
„Natürlich nicht, ich bin seit meiner Scheidung wieder Single und schlafe normalerweise alleine! Aber ich kann Sie beruhigen", fügte er triumphierend hinzu, „zum letzten von Ihnen genannten Zeitpunkt habe ich mindestens 100 Zeugen, von denen ich wenigstens fünf bis zehn mit Namen kenne."
Jetzt war es an Fassbinder, ein wenig blasser zu werden. Er fing sich aber schnell wieder. „Und wie das?"
„Am letzten Dienstag war ich von morgens um zehn bis abends um sechs auf der Tourismusbörse in der Stadthalle!"
„Ununterbrochen?"
„Ja, ohne Pause!"
„Das heißt, Sie haben den ganzen Tag nichts gegessen, nichts getrunken?"
„Doch, wir hatten an unserem Stand ein paar Häppchen. Und Getränke gab es auch. Sie können meine Sekretärin befragen!"
„Worauf Sie sich verlassen können! Und sie kann bestätigen, dass Sie ununterbrochen am Stand waren?"
„Ja, mehr oder weniger. Es ist natürlich auch meine Aufgabe, mich an den anderen Ständen sachkundig zu machen und zu schauen, was die Konkurrenz so bietet." Die Antwort trug ihm, wie Fassbinder und Dr. Wehmayer sofort registrierten, einen tadelnden Blick seines Verteidigers ein, der sich dann auch prompt einschaltete.
„Das waren dann aber sicherlich immer nur ein paar Minuten, die Sie sich von Ihrem Stand entfernt haben?"

fragte er suggestiv. „Ja, höchstens mal eine Viertelstunde, allerhöchstens!“
„Und Sie sind sich sicher, dass Ihre Sekretärin uns das alles wird im Detail bestätigen können?“
„Absolut!“ antwortete Lagier, aber tatsächlich war er sich keineswegs sicher, denn gerade zur Mittagszeit hatte er sich eine größere Pause gegönnt.
„Dann nennen Sie mir zunächst mal den Namen Ihrer Sekretärin. Wo hält sie sich momentan auf?“
Lagier war etwas mulmig zumute. Er hatte gehofft, mit Hilfe seines Anwalts gleich wieder das Präsidium verlassen zu dürfen, um sich dann in Düsseldorf mit seiner Sekretärin absprechen zu können. Er zögerte. „Also ich weiß nicht, ob sie schon im Büro ist ...“, druckste er etwas herum, „wenn ich mich nicht irre, wollte sie heute Morgen zum Zahnarzt.“
„Name, Anschrift?“
„Vom Zahnarzt?“
„Nein, der Name Ihrer Sekretärin und die Adresse Ihres Reisebüros!“ bellte Fassbinder jetzt etwas ungehalten. Er ließ sich nicht gerne zum Affen machen.
„Ich denke“, schaltete sich Dr. Janhssen ein, „wir sollten die Vernehmung jetzt beenden. Es liegt kein ausreichender Grund vor, Fluchtgefahr anzunehmen. Mein Mandant hat einen festen Wohnsitz, ist ein angesehener Geschäftsmann und leitet ein florierendes Unternehmen in Düsseldorf“, startete er einen auf tönernen Füßen stehenden Versuch, seinen Mandanten frei zu bekommen.
„Netter, aber untauglicher Versuch“, konterte Fassbinder dann auch sogleich. „Das mit der Fluchtgefahr mag ja gerade noch angehen, aber Verdunkelungsgefahr können Sie doch bei dem, was wir gerade gehört haben, sicher-

lich nicht in Abrede stellen“, drückte er sich bewusst etwas geschwollen aus. „Ich warte aber immer noch auf den Namen Ihrer Sekretärin und die Adresse Ihres Büros!“ wandte er sich wieder an Lagier.
„Gesa Felgenhauer. Mein Geschäft habe ich auf der Kö, Königsallee 68.“
„Okay. Gibt es noch mehrere Angestellte in Ihrem Reisebüro? Ja, zwei weibliche Angestellte und einen männlichen Azubi. Aber warum wollen Sie das wissen?“
Fassbinder ging nicht auf die Frage ein. „Bitte entschuldigen Sie mich ein paar Minuten. Ich bin gleich zurück. Marc, du kannst ja schon mal weitermachen!“
Dr. Wehmayer und Marc wussten natürlich, was Fassbinder vorhatte. Er wollte Lagier jetzt mit seinem windelweichen Alibi festnageln. Das war es genau, was er brauchte, um den Richter zu überzeugen, wenn es - eventuell schon am Nachmittag - um den Erlass eines Haftbefehls gehen würde: Widersprüchliche Aussagen hinsichtlich des Alibis.
Von seinem Büro aus rief er seinen Kollegen Horst Thiele von der Mordkommission in Düsseldorf an, den er bei etlichen gemeinsam besuchten Seminaren kennen und schätzen gelernt hatte. Er wusste, dass er sich 100-prozentig würde auf ihn verlassen können. Fassbinder schilderte ihm kurz die wesentlichen Punkte und bat ihn, unverzüglich in Lagiers Reisebüro zu fahren, um die Sekretärin zu dem Alibi ihres Chefs vom letzten Dienstag, dem Tag der Tourismusbörse, zu befragen. Er betonte, dass es ihm besonders darauf ankam, mindestens ein Zeitfenster von etwa einer Stunde - so zwischen 12.30 und 13.30 Uhr - nachweisen zu können, für das Lagier kein Alibi hat.
„Und vor allem noch eins. Es eilt. Wir vernehmen Lagier

gerade hier im Präsidium im Beisein seines Anwalts und ich will verhindern, dass einer von beiden Einfluss auf die Aussage von Frau Felgenhauer nehmen kann. Ich denke, sein Alibi vom Dienstag steht auf wackeligen Füßen."
„Geht klar, Jürgen. Kannst dich drauf verlassen. Ich ruf dich dann an, schätze so gegen halb zwei, oder fax dir direkt das Protokoll zu."
Fassbinder nannte ihm seine Telefon- und Faxnummer.
„Vielen Dank für deine Hilfe. Dann bis nachher!"
„Tschüss, bis dann!"
Fassbinder kam zurück in das Vernehmungszimmer. Marc reichte ihm seinen Notizblock. Er hatte die Zeit genutzt, um noch ein paar Fragen zu den weiteren als Alibi-Zeugen genannten Personen zu stellen. Sehr akribisch hatte er die vollständigen Namen und Adressen, privat wie beruflich, notiert. Fassbinder und Dr. Wehmayer war klar, dass er auf diese Weise hatte Zeit gewinnen wollen. Auf keinen Fall durfte der Fahndungserfolg gefährdet werden.
Dr. Janhssen war leicht genervt. Die aufgeladene Atmosphäre war förmlich zu spüren. Denn natürlich durchschaute er die Absicht. Lange hielt er sich zurück. Doch dann platzte es aus ihm heraus. „Arnold, muss das denn jetzt wirklich alles noch sein? Wenn Frau Felgenhauer die Aussage meines Mandanten bestätigt, ist doch alles im Lot und es bedarf keiner weiteren Zeugen!"
„Du hast Recht, Folker ... „, sagte Dr. Wehmayer und machte eine kurze Pause, während Dr. Janhssen sichtlich erleichtert aufatmete, „... aber natürlich nur", fuhr er dann unbeirrt fort, „wenn seine Sekretärin das Alibi lückenlos bestätigen kann. Und dein Mandant hat ja quasi schon eingeräumt, dass das nicht der Fall ist ... „
„Aber es dreht sich doch höchstens um eine Viertelstunde!"

unterbrach Dr. Janhssen ihn.
„Warten wir´s ab. Ich schlage vor, dein Mandant bleibt über Mittag weiterhin in unserem Gewahrsam und wir beide gehen gemeinsam in unsere Kantine. Inzwischen kann Hauptkommissar Fassbinder veranlassen, dass Frau Felgenhauer zum Alibi deines Mandanten befragt wird“, schlug Dr. Wehmayer vor und wollte bewusst den Eindruck erwecken, als rechnete er damit, dass erst jetzt die entsprechenden Schritte eingeleitet würden. Auch er war ein alter Fuchs.
Spätestens in diesem Moment wusste Dr. Janhssen, dass es ihm nicht gelingen würde, noch Einfluss auf die Aussage der Sekretärin zu nehmen. Resignierend streckte er die Waffen. „Ein akzeptabler Vorschlag. Dann gehe ich davon aus, dass du auch veranlasst, dass wir gleich nach der Mittagspause einen Termin bekommen, um meinen Mandanten dem Haftrichter vorzuführen.“
„Davon kannst du in der Tat ausgehen“, meinte Dr. Wehmayer leicht süffisant.
Er wandte sich an den Hauptkommissar. „Bitte sorgen Sie dafür, dass unser Gast auch etwas aus der Kantine zu essen bekommt. Und besorgen Sie uns einen Termin beim Haftrichter. Kommen Sie dann nach?“
„Nein, lassen Sie mal, es tut mir ganz gut“, dabei strich er sich mit der Hand über den Bauch, „wenn ich mal mittags eine Pause einlege. Außerdem gibt´s ja auch noch ein paar Dinge in Düsseldorf zu erledigen“, antwortete er und zwinkerte dem Leitenden Oberstaatsanwalt unauffällig zu.

Königsallee 68, Düsseldorf,
Freitag, 22. Mai, 12.10 Uhr

Gemeinsam mit einem jüngeren Kollegen betrat Horst Thiele das Reisebüro, legte seinen Ausweis vor und fragte eine der Sachbearbeiterinnen nach Frau Felgenhauer.
„Gesa ist hinten im Büro. Ich bringe Sie hin."
Er stellte sich und seinen Kollegen, Oberkommissar Carsten Clauss, vor, zeigte ihr ebenfalls seinen Ausweis und nannte den Grund seines Kommens.
„Wo können wir uns ungestört unterhalten?"
„Hier, ich stelle nur schnell mein Telefon um", antwortete sie freundlich und bat ihre Besucher, an dem kleinen Besprechungstisch Platz zu nehmen.
„Also, Frau Felgenhauer, es geht um den vergangenen Dienstag, genau genommen um die Zeit zwischen 10.00 und 14.00 Uhr. Was wir schon wissen, ist, dass Sie mit Ihrem Chef die regionale Tourismusbörse in der Wuppertaler Stadthalle besucht haben."
„Richtig, wir waren bis abends gegen sechs dort. Vielleicht auch noch ein bisschen länger, weil wir noch die Unterlagen zusammenpacken mussten."
„Nur Sie und Ihr Chef?"
„Ja, der Laden hier musste ja weiterlaufen."
„Verstehe. Und wann genau haben Sie Mittag gemacht?"
„Also eigentlich gar nicht."
„Was heißt eigentlich?"
„Nun, ich hatte so Fingerfoods bzw. Kanapees für unseren Stand bestellt. Und da habe ich auch einige von gegessen."
„Und Ihr Chef?"
„Ja, der auch. Aber nur gelegentlich."

„Heißt das, dass er mittags zum Essen gegangen ist?"
„So genau weiß ich das nicht", antwortete sie ausweichend. Ihr war nicht wohl in ihrer Haut. Dass die Polizei sie zu ihrem Chef befragte, konnte ja nichts Gutes heißen.
„Sie stehen hier unter Wahrheitspflicht und würden sich strafbar machen, wenn Ihre Aussage falsch ist", wurde Thiele sehr deutlich. „Und darauf steht Gefängnis!" Aus seiner langen Erfahrung als Polizeibeamter wusste er, dass dieser Hinweis meist Wunder wirkte und die Zunge löste. Aber Frau Felgenhauer blieb bei ihrer Aussage. „Ich weiß es wirklich nicht, ob er essen gegangen ist." Wenn ich doch bloß wüsste, um was es eigentlich geht, dachte sie dabei.
„Das heißt aber, er war um die Mittagszeit eine ganze Weile lang weg?" bohrte Thiele nach.
„Jaa ...", kam es gedehnt und etwas zögerlich. „Aber er kann sich ja auch an einem der anderen Stände aufgehalten haben", ergänzte sie trotzig.
„Gesehen haben Sie ihn aber während der Mittagszeit nicht?"
„Nein, wirklich gesehen habe ich ihn nicht", sagte sie.
„Also von wann bis wann haben Sie ihn nicht gesehen?"
Sie zögerte mit der Antwort, denn einerseits wollte sie ihren Chef nicht in Schwierigkeiten bringen, andererseits hatte sie auch Angst zu lügen. Der Hinweis, sie könne sich strafbar machen, hatte die Wirkung bei ihr nicht verfehlt. „Also um zwölf war er auf jeden Fall noch da, denn da kamen gerade die Nachrichten in ‚Eins Live'. Kurz danach ist er gegangen, vielleicht zehn Minuten ... oder vielleicht auch eine Viertelstunde später."
„Also maximal um 12.20 Uhr?"
„Ja, das kommt hin."

„Und wann haben Sie ihn dann wiedergesehen?"
„So um zwei rum, kann aber auch ein bisschen früher gewesen sein. So genau erinnere ich mich nicht mehr."
„Gut, ich fasse noch mal zusammen. Auf jeden Fall haben Sie ihn zwischen 12.20 Uhr und - sagen wir - 13.45 Uhr nicht gesehen. Stimmt das so?"
„Ja, das ist richtig." Ihr war bewusst, dass sie bei den angegebenen Zeiten ein wenig geschummelt hatte. Für ihren Chef konnte das ja nur gut sein. Und für ihn tat sie alles. Notfalls auch nicht so ganz bei der Wahrheit zu bleiben. Ob es sich um einen Unfall handelte? Vielleicht Fahrerflucht? Wenn es nur ein Blechschaden gewesen ist, wäre es ja nur halb so schlimm. Warum hatte er ihr nichts gesagt? Sie hätte ihm helfen können! Er erzählte ihr doch sonst alles. Wie oft hatte sie ihm schon aus der Patsche geholfen, wenn er wieder mal seine damalige Ehefrau versetzt hatte und sie als Grund ein plötzliches, nicht geplantes Geschäftsessen vorgeben musste, das dann meist blond und langbeinig war ...
Während des gesamten Gesprächs hatte der Oberkommissar sich umfangreiche Notizen gemacht. Er schüttelte den Kopf, als sein Chef ihn fragte, ob er noch weitere Fragen habe. Sie verabschiedeten sich von Lagiers Sekretärin, die sichtlich froh war, die Befragung hinter sich zu haben. Thiele bat sie noch, am Abend nach Geschäftsschluss bei ihm vorbeizukommen, um das Protokoll zu unterschreiben. Er ließ ihr seine Karte da, auf der die Adresse des Düsseldorfer Polizeipräsidiums stand.
Sie fuhren zurück ins Büro. „Was meinst du, hat sie die Wahrheit gesagt?" fragte Thiele seinen Kollegen unterwegs.
„Naja, es war ja offensichtlich, dass sie sich zeitlich nicht

so ganz genau festlegen wollte. Aber für die fragliche Zeit konnte sie ihm jedenfalls kein Alibi geben. Wird die Kollegen in Wuppertal freuen. Offensichtlich sind sie auf der richtigen Spur."

Im Kommissariat angekommen, fertigte Carsten Clauss noch schnell das Protokoll, unterschrieb es gemeinsam mit seinem Chef, und faxte es ins Polizeipräsidium nach Wuppertal, wo es 13.50 Uhr eintraf.

Polizeipräsidium Wuppertal,
Freitag, 22. Mai, 14.05 Uhr

Während des Mittagessens hatten beide vermieden, über den Fall zu sprechen, zumal sie ja als Mitglieder desselben Golfvereins ausreichend Gelegenheit fanden, sich dem Thema Golf zu widmen. Dr. Janhssen schwärmte vom Club Quinta de Cima in Tavira an der Algarve, wo er Anfang März eine Woche Urlaub gemacht hatte, und den er wärmstens empfahl.

„Ich bin schon froh, wenn ich ein- bis zweimal im Monat bei uns im Club zum Spielen komme", winkte er ab. „Ich habe einfach nicht die Zeit. Vielleicht in zwei Jahren, wenn ich in Pension gehe."

Auf dem Weg zurück ins Vernehmungszimmer konnte Dr. Janhssen sich dann aber doch nicht ganz zurückhalten. „Wie siehst du denn die Sache mit Lagier?"

„Ganz ehrlich? Also, ich bin fest davon überzeugt, dass er sie alle drei umgebracht hat. Sein Alibi wird auch nicht halten!"

„Warten wir´s ab", meinte Dr. Janhssen, aber seine Stimme klang nicht sehr hoffnungsvoll.

„Wir haben auch noch einen Pfeil im Köcher, aber da will ich natürlich nicht vorgreifen."

Sie hatten das Vernehmungszimmer erreicht. Lagier saß bereits auf seinem Stuhl, bewacht von einem Polizisten, der sich entfernte, als Marc und sein Chef ebenfalls eintraten.

Fassbinder ergriff das Wort. „In der Mittagspause wurde uns das Protokoll von der Vernehmung von Frau Felgenhauer zugefaxt." Damit reichte er Dr. Janhssen eine Kopie, der sie sofort las, bevor er sie an seinen Mandanten

weiterreichte.
„Seine Sekretärin hat das Protokoll ja gar nicht unterschrieben“, war sein einziger Kommentar. Er wusste, wann er die Segel streichen musste. Alles, was er jetzt noch sagen würde, wäre nur juristisches Geplänkel, um den eigenen Mandanten zu beeindrucken. Ein scheinbares Gefecht, ohne noch Munition nachladen zu können.
„Wird am Abend nachgeholt. Aber Sie sehen, dass beide vernehmenden Beamten unterzeichnet haben“, fegte Fassbinder den Einwand beiseite. „Und das dürfte dem Richter genügen!“ spielte er auf den erhofften Erlass eines Haftbefehls an. „Übrigens haben wir bereits für 14.45 Uhr einen Termin beim Amtsgericht.“
„Wer hat heute Bereitschaft?“ fragte Dr. Wehmayer.
„Heiko Scholtz.“
„Okay. Wenn es weiter nichts zu besprechen gibt, sollten wir uns auf den Weg machen. Bis zur Gerichtsinsel ist es zwar nicht weit, aber besser ein paar Minuten zu früh als zu spät.“ Damit wandte er sich an Dr. Janhssen. „Und ich denke, du bist auch ganz froh, wenn du nicht in den Feierabendverkehr gerätst. Gerade heute am Freitag.“

Amtsgericht, Eiland 2,
Freitag, 22. Mai, 14.35 Uhr

Dr. Wehmayer hielt sich zurück, wenngleich formal der Antrag auf Erlass eines Haftbefehls durch die Staatsanwaltschaft gestellt worden war. Fassbinder unterrichtete den Haftrichter über die bisher durchgeführten Maßnahmen.

„Wurde der Beschuldigte ordnungsgemäß über seine Rechte belehrt, insbesondere, dass er sich zum Tatvorwurf nicht äußern muss?“

„Ja, bereits bei seiner vorläufigen Festnahme.“

Damit waren die erforderlichen Formalitäten erledigt und Fassbinder konnte in seiner Schilderung fortfahren. Er wies besonders auf die Zeugenaussage von Lagiers Sekretärin hin und übergab dem Richter eine Kopie des Protokolls.

„Was ist mit den anderen Alibis?“

„Bisher keine konkreten Aussagen des Beschuldigten. Er hat lediglich behauptet, bei den Sonntags-Morden sei er zu Hause gewesen und habe sich - wie immer - den ‚Presseclub‘ im Fernsehen angesehen.“

„Hinsichtlich des ersten Mordes aus 2006 hatten wir noch keine Gelegenheit, das Datum zu überprüfen“, warf Dr. Janhssen ein. „Vielleicht war mein Mandant ja auch zum fraglichen Zeitpunkt im Urlaub. Wir werden das prüfen.“

„Und die Angaben des Beschuldigten zum letzten Mord halten Sie für falsch und durch die Zeugenaussage seiner Sekretärin für widerlegt?“ wandte sich der Richter an Fassbinder.

„Ja, er hat uns hier angelogen!“

„Das ist sein gutes Recht!“

„Spricht aber nicht gerade für seine Glaubwürdigkeit!“
„Das stimmt. Haben Sie denn die anderen benannten Zeugen schon befragt?“
„Nein, noch nicht. War in der Kürze der Zeit leider noch nicht möglich. Aber meine Leute ermitteln bereits.“
„Zu welcher Uhrzeit ist eigentlich der letzte Mord geschehen?“
„Nach Angaben des Polizeiarztes definitiv zwischen 13.00 und 13.30 Uhr. Und exakt für diese Zeit konnte der Beschuldigte auch keine Zeugen benennen. Wichtig scheint mir in diesem Zusammenhang auch der Hinweis, dass - selbst zu Fuß - der Weg von der Stadthalle bis in die Calvinstraße ziemlich genau lediglich fünf Minuten beträgt.“
„Haben Sie noch sonstige Beweise?“
Fassbinder legte alles dar, was seine Leute bisher ermittelt hatten. Ausführlich ging er dabei auf die Besonderheiten am Tatort ein, auch auf den Namenszug GABRIEL und den biblischen Bezug. Anschließend wies er auf das Datum aus April 2006 hin, an dem sowohl das erste Opfer, Jadwiga Wieniawski, als auch der Beschuldigte die Speed-Date-Party in Düsseldorf besucht hatten. Dann holte er zum letzten Schlag aus, quasi sein Trumpf-As im Ärmel, und das stach.
„Wir hatten gestern Abend ...“
„Wen meinen Sie mit ‚wir‘?“ unterbrach ihn der Richter.
„Meine Leute von der ‚SoKo Gabriel‘ und ich, einschließlich unserer Psychologin, Frau Svea Großmann“, antwortete Fassbinder ein wenig gereizt. „Also wir hatten uns gestern nochmals zusammengesetzt, um uns gegenseitig über die neuesten Ermittlungsergebnisse zu informieren. Dazu notierten wir alle Daten, Namen und Fakten auf ver-

schiedenen Flipcharts, u.a. auch den Namen ‚B. Lagier' wegen der eben bereits erwähnten Übereinstimmung bei den Besuchsdaten. Ich hatte meine Leute gebeten, nochmals alle Angaben auf sich wirken zu lassen. Grund dafür war die Überzeugung unserer Psychologin, dass der Täter uns Hinweise geben will, uns quasi Rätsel aufgibt, die wir lösen sollen. Es ist das Spiel mit dem Feuer. Wobei er glaubt, dass wir das letzte Rätsel nicht erraten können. Es war dann auch Frau Großmann, die gestern Abend erkannte, dass GABRIEL ein Anagramm für ‚B. Lagier' ist, also alle Buchstaben seines Namens identisch sind mit dem vom Täter verwendeten Namen GABRIEL."

Im Raum herrschte Totenstille. Sowohl der Richter als auch Dr. Janhssen schrieben auf ihre Notizblöcke den Namen des Beschuldigten, strichen die einzelnen Buchstaben durch und setzten dahinter - Buchstabe für Buchstabe - den Namenszug GABRIEL.

„Das ist in der Tat ein weiteres und wie ich meine ziemlich starkes Indiz. Was meinen Sie?" wandte er sich an Lagiers Anwalt.

„Das ist doch nur ein purer Zufall", entgegnete Janhssen forsch im Bemühen, das drohende Unheil von seinem Mandanten abzuwenden, der jetzt erstmals dazwischenfunkte, nachdem er die ganze Zeit geschwiegen hatte.

„Das ist doch lächerlich! Die reinste Kaffeesatz-Leserei! Fehlt nur noch die Kristallkugel!"

„Herr Lagier! Bitte beruhigen Sie sich wieder", versuchte Dr. Janhssen seinen Mandanten zu beschwichtigen.

„Mir genügt das", ließ sich jetzt der Richter vernehmen. „Es ergeht folgender Beschluss. Gegen Herrn Bruno Lagier wird auf Antrag der Staatsanwaltschaft gemäß § 125 Absatz 1 StPO Haftbefehl erlassen." Er unterschrieb das

entsprechende Formular, klappte seine Akte zu, verabschiedete sich mit kurzem Gruß in die Runde und verließ das Besprechungszimmer. Der die ganze Zeit über anwesende Polizist legte Lagier die Handschellen wieder an, die der Richter ihm zu Beginn der Sitzung hatte abnehmen lassen. Dr. Janhssen besprach sich noch kurz mit seinem Mandanten, den der Polizist anschließend abführte und nach unten begleitete.
Mit kurzem Kopfnicken verabschiedete Dr. Janhssen sich von Fassbinder und meinte, an Dr. Wehmayer gewandt: „Freu dich nicht zu früh. Das war nur die erste Runde. Nach Punkten liegt ihr in Front. Doch der Kampf ist auf zwölf Runden angesetzt!"

Restaurant Scoozi,
Samstag, 23. Mai, 19.30 Uhr

Ursprünglich wollte Niko Sandra am Freitagabend von ihrem Friseursalon abholen. Als er am Nachmittag feststellte, dass sich die Schulung der Außendienstmitarbeiter in Duisburg deutlich länger hinziehen würde als geplant, rief er sie an und bat schweren Herzens, das Treffen auf Samstagabend zu verschieben.
Sie hatten sich in der Elberfelder City im ‚Scoozi' verabredet, um eine Kleinigkeit zu essen. Ihren Vorschlag, ihn mit dem Wagen abzuholen, lehnte er dankend ab. Er gehe lieber zu Fuß, weil er vorher auf dem Weg noch bei ‚Saturn' reinschauen wolle.
So saß sie, ein paar Minuten vor der vereinbarten Zeit, an einem kleinen Zweiertisch direkt am Fenster und wartete auf Niko. Am Abend zuvor, als sie sich - mit einem Glas Rotwein bewaffnet - in den Sessel gesetzt hatte, um den neusten ‚Biss'-Roman von Stephenie Meyer zu lesen, waren ihre Gedanken immer wieder in Richtung Niko abgeschweift. Sie musste sich eingestehen, das war mehr als ein Abenteuer. Sie hatte sich richtig in ihn verliebt. Gefangen genommen von seiner Zärtlichkeit trotz seiner Jugend und Jungenhaftigkeit spürte sie ein ständiges Verlangen nach ihm. Tagsüber nahm sie es im Geschäft schon wahr und abends steigerte es sich so sehr, dass sie sich auf nichts hatte konzentrieren können. Die Geschäftskorrespondenz zu erledigen, wie sie sich das so fest für einen der Abende vorgenommen hatte, vertagte sie und der lange schon fällige Brief an ihre Schwester in Oldenburg blieb ungeschrieben.
Plötzlich blickte sie hoch. Niko stand vor ihr. „Na, wo bist

du denn mit deinen Gedanken?“ fragte er, beugte sich zu ihr herab und küsste sie auf die Stirn.
„Äh, hallo Niko, ich war ... ich war mit meinen Gedanken noch im Geschäft“, schwindelte sie. „Es war heute wirklich ein ziemlich anstrengender Tag.“
„Freu dich, ohne Moos nichts los!“ strahlte er sie an.
„Da hast du auch wieder Recht! Aber jetzt freue ich mich auf den Abend und vergesse das Geschäft.“
„Bist du schon lange hier?“
„Nee, gerade gekommen.“ Sie wollte ihm nicht das Gefühl geben, sich verspätet zu haben, auch wenn die Uhr bereits Viertel vor acht zeigte.
„Hast du schon was bestellt?“
„Nein, ich wollte auf dich warten.“
„Lieb von dir, dann lass uns mal gucken, was es so gibt“, sagte er und reichte ihr die Karte. Er selbst nahm sich die vom Nachbartisch.
Beide wählten eine Pizza, sie eine Quatro Stagioni, er eine Funghi und dazu jeder ein Alt. Sie ließen die vergangene Woche Revue passieren und erzählten sich, was sich so beruflich ereignet hatte. Sie vermieden, über ihre Gefühle zu sprechen, trotz der Sehnsucht, die beide die ganze Woche über beherrscht hatte. Natürlich redeten sie auch über den letzten Mord, der die Schlagzeilen der Medien beherrschte. Aber sie kamen schnell wieder davon ab.
Als die Teller abgeräumt waren, nahm er ihre Hände und streichelte mit seinen Daumen - scheinbar unbewusst - ihre Fingerrücken. Er hielt den Zeitpunkt für gekommen, ihr zu sagen, wie sehr er sich auf diesen Abend gefreut hatte und wie traurig er gestern Abend gewesen war, weil sie sich nicht sehen konnten. Jetzt aber sei die Welt wieder in Ordnung.

„Um sich zu unterhalten, ist es hier ein bisschen laut. Was meinst du?“ Er wollte ihr die Wahl lassen, wie der Abend weiter verlaufen sollte, auch wenn er ihr am liebsten vorgeschlagen hätte, zu ihr nach Hause zu fahren.

„Wenn du dich nicht überrumpelt fühlst, würde ich mir gerne noch mal den Film vom letzten Samstag anschauen ...“

„Wie? Das verstehe ich jetzt nicht ... Wie meinst du das?“

„Gut, dass du nicht immer so langsam schaltest.“

Niko errötete leicht, als er kapierte, was Sandra meinte. „Ja, natürlich würde ich ... „ stammelte er, „natürlich möchte ich ... also, ich meine, dann zahl ich mal eben“, sagte er, errötete noch ein wenig mehr und stand auf, um an der Theke die Rechnung zu begleichen.

Es wurde wieder ein wundervoller Abend. Sie hatten alle Zeit der Welt und nahmen sie sich auch. Sie hörten sich die CD ‚Darum leben wir‘ von Cassandra Steen an, die Niko bei Saturn erstanden hatte, ließen sich treiben und von ihren Gefühlen gefangen nehmen.

In der Nacht fanden sie nur wenig Schlaf. Immer wieder suchten sich ihre Körper und verschlangen sich begierig ineinander. Spät am Morgen erwachten sie, noch müde, aber schon wieder voll Verlangen nach dem Anderen. Und wieder stillten sie ihren Hunger nach Zärtlichkeit.

Anwaltskanzlei Dr. Janhssen, Düsseldorf,
Montag, 25. Mai, 11.15 Uhr

Es sah denkbar schlecht aus für seinen Mandanten. Am Vormittag setzte sich Dr. Janhssen mit Lagiers Sekretärin telefonisch in Verbindung und informierte sie zunächst über den Verlauf der Vernehmung in Wuppertal. Details ließ er weg. Für ihn und den möglichen Erfolg entscheidend war die Antwort auf die Frage, ob sein Mandant sich zum fraglichen Zeitpunkt im April 2006 überhaupt in Deutschland aufgehalten hatte. Denn als Leiter eines Reisebüros war er relativ häufig in der Weltgeschichte unterwegs, um neue Ferienziele ausfindig zu machen.
„Am 8. April 2006, sagten Sie", wiederholte Frau Felgenhauer das genannte Datum.
„Ja, 8. April!"
„Da war er wieder hier. Er ist am 6. aus Dubai zurückgekommen, wo er diverse Hotels in den Emiraten aufgesucht hat."
„Irrtum ausgeschlossen?"
„Ja, absolut. Gleich am Montagmorgen haben hier im Büro zwei Besprechungen stattgefunden, bei denen es um den Abschluss neuer Verträge mit zwei Reiseveranstaltern ging."
„Schade, dann müssen wir weiter suchen! Auf jeden Fall vielen Dank für Ihre Mühe."
„Schon okay. Tut mir Leid, dass ich Ihnen nicht helfen konnte. Aber eins weiß ich ganz sicher. Mein Chef ist das auf keinen Fall gewesen. Die müssen sich irren!" meinte sie und beendete das Telefonat. „Auf Wiedersehen!"

Polizeipräsidium Wuppertal,
Dienstag, 26. Mai, 9.15 Uhr

Bei der ‚SoKo Gabriel' herrschte ausgesprochen gute Stimmung, als sie sich am Dienstag-Vormittag zur Routine-Besprechung trafen. Alle waren froh, dass Lagier so schnell festgenommen werden konnte und ein Haftbefehl erlassen worden war.

„Wieso wohnt er eigentlich in Wuppertal?" fragte Phillip.

„Er hat früher hier ein Büro gehabt", antwortete Fassbinder, „bevor er - offensichtlich wegen der besseren Geschäftsmöglichkeiten - nach Düsseldorf gegangen ist. Vielleicht wollte er seinen Freundeskreis nicht aufgeben, und ist deshalb hier wohnen geblieben, zumal er hier am Wilhelm-Dörpfeld-Gymnasium sein Abitur gemacht hat."

„Interessant, erneut zeigt sich eine Verbindung zu Düsseldorf und Wuppertal. Sicherlich kein Beweis, aber wieder ein Indiz", ergänzte Phillip.

„Nun sollten wir aber nicht die Hände in den Schoß legen. Lagiers Anwalt ist mit allen Wassern gewaschen und wird versuchen, seinen Mandanten rauszupauken", ermahnte Fassbinder seine Mannschaft. „Hat die Spurenauswertung der KTU denn irgendwelche brauchbare DNA hervorgezaubert?"

„Absolut nichts. Der Täter ist ausgesprochen vorsichtig zu Werke gegangen. Vielleicht hat er sogar einen Plastiküberzug getragen."

„Schon möglich, er ist zwar offenbar ein Psycho, aber leider auch ein intelligenter ..."

„Was meinen Sie, Chef, sollen wir noch mal die gesamte Kartei von Vera Corts durchnudeln? Ich glaube noch nicht so recht daran, dass Lagier unser Mann ist. Reines Bauchgefühl, aber das stimmt ja auch gelegentlich. Wenn das mit dem Anagramm nicht wäre, würde ich steif und fest behaupten, dass wir den Falschen haben", mischte Marc sich in das Gespräch ein. „Ich hatte bei der Vernehmung ausreichend Gelegenheit, ihn zu beobachten und danach bin ich fast sicher, dass er mit den Morden nichts zu tun hat."

„Und die ganzen Indizien? Seine mehr als wackeligen Alibis?"

„Okay, okay. Ich gebe zu, dass diese Punkte alle gegen ihn sprechen. Aber was ist, wenn einer seiner Kollegen von der Tourismusbörse sich an ihn erinnert und ihm für den fraglichen Zeitpunkt ein Alibi gibt? Dann sehen wir beim Haftprüfungstermin - und der kommt so sicher wie das Amen in der Kirche - dann sehen wir ganz schön alt aus."

„Du malst ein bisschen schwarz, Marc, aber es kann wirklich nicht schaden, wenn wir uns lückenlos alle ‚Speed-Dater' aus Veras Bistro vorknöpfen und sie nach Auffälligkeiten während der Partys befragen. Und dich möchte ich bitten, dich speziell um Marcus Zeitz zu kümmern. Er hat nach unseren Unterlagen die engste Verbindung zu Lagier."

„Mach ich, Chef, mal sehen, wo und wann ich ihn erwische."

Marcs Kollegen waren über die neuen Aufgaben nicht erfreut. Aber sie wussten, dass es nur konsequent war, die Arbeit fortzusetzen und auch nach einem anderen möglichen Täter zu suchen.

Die nächsten beiden Tage verliefen ohne besondere Zwischenfälle. Die Sonderkommission war mit Routinebefragungen beschäftigt, erkundigte sich beim LKA und bei der

KTU mehrmals nach Ergebnissen durchgeführter Analysen und musste leider feststellen, dass es auch weiterhin nichts Neues gab. Auch bei den Befragungen trat man auf der Stelle. Es war wie verhext. Die einzigen Spuren, denen die Ermittler folgen konnten, waren die, die der Täter selbst gelegt hatte. Und zwar bewusst gelegt hatte. Aber wie die Schienen einer geraden Eisenbahntrasse sich am Horizont nur scheinbar berühren, sollten nach dem Willen des Täters die beiden Schienen niemals zueinander finden.

Gabriels Wohnung,
Donnertag, 28. Mai, 7.00 Uhr

Gabriel stand vor dem Altar. Wieder war ein Morgen nach langem traumlosen Schlaf angebrochen. Meistens schlief er unruhig. Aber in den Nächten, die einer neuen Mission vorangingen, lag er wie in Abrahams Schoß. Trotz des mit Nägeln gespickten Gürtels, der sich während der Nacht in das Fleisch seines Oberkörpers gebohrt hatte. Er legte ihn ab und schlüpfte in sein Büßergewand.
Er kniete nieder, faltete die Hände, senkte sein Haupt und sprach Verse aus dem 36. Psalm. „Es ist von Grund meines Herzens von der Gottlosen Wesen gesprochen, dass keine Gottesfurcht bei ihnen ist. Sie schmücken sich untereinander selbst, dass sie ihre böse Sache fördern und andere verunglimpfen. Alle ihre Lehre ist schädlich und erlogen; sie lassen sich auch nicht weisen, dass sie Gutes täten; sondern sie trachten auf ihrem Lager nach Schaden und stehen fest auf dem bösen Wege und scheuen kein Arges. Herr, deine Güte reicht, soweit der Himmel ist, und deine Wahrheit, soweit die Wolken gehen."
Gabriel stand auf, verneigte sich vor dem Kreuz und berührte mit seinen Lippen das auf dem Samtkissen liegende Faustmesser. Er fühlte, wie die Kraft zurückkehrte. Gott hatte ihm vergeben und die Reinigung seiner Seele bewirkt.
Dann wandte er sich ab, ging ins Bad, um den Schmutz auch von seinem Körper zu waschen, auf dass gelänge, was Gott ihm befohlen.

Blumenstraße 9,
Donnerstag, 28. Mai, 12.30 Uhr

„Ich will, dass du mich Gabriel nennst! Hast du mich verstanden?" sagte er leise, aber mit Nachdruck zu Miriam Marzahn, die ihm an dem kleinen Esstisch in der Küche ihrer Wohnung - an Händen und Füßen gefesselt - gegenüber saß.
Sie hatte Todesangst und nur zögernd kamen ihr die Worte über die Lippen. „Ja, Gabriel!"
„Dann wollen wir jetzt mit unserem Frage-Antwort-Spiel beginnen. Noch einmal hast du exakt neun Minuten Zeit, mich näher kennen zu lernen. Vielleicht gewinne ich ja auch deine Sympathie und du gibst mir am Ende ein ‚Ja', so dass wir in Kontakt bleiben können. Also beginnen wir." Gabriel wirkte total ruhig und entspannt. Als gehe er nur seiner Arbeit nach.
Miriam war völlig verstört, zwischen Hoffen und Bangen. Sie musste alles richtig machen, um die winzige Chance zu nutzen, die sie noch zu haben glaubte. Stockend begann sie zu fragen. Um ihn nicht wieder zu erzürnen, nannte sie gleich seinen Namen.
„Gabriel", sie atmete schwer, während ihr die Tränen über die Wangen liefen, „was machst du ... was machst du so ... in deiner Freizeit?"
„Ich lese sehr viel, vor allem in der Bibel, fast jeden Abend und jeden Morgen." Er lehnte sich ein wenig zurück und schaute sie aufmunternd an.
„Auch noch andere Bücher, Gabriel?" wieder gebrauchte sie ganz bewusst seinen Namen.
„Ja, Nietzsche und vor allem Freud. Freud ist mein Freund", ergänzte er kichernd.

„Gehst du zum Weib, vergiss die Peitsche nicht“, schoss es ihr durch den Kopf. Obwohl sie Nietzsches ‚Also sprach Zarathustra‘ nie gelesen hatte, war dieser Satz bei ihr als Relikt aus dem Philosophierunterricht hängengeblieben. Doch sie hütete sich, den Gedanken auszusprechen. Zu sehr ähnelte dieses Bild der Zwangssituation, in der sie sich befand. Ihrem Peiniger ausgeliefert. Schnell wechselte sie daher das Thema.

„Auch irgendwelche Romane?“

„Ja, vor allem historische. ‚Die Päpstin‘ zum Beispiel. Irre interessant. Oder über die römischen Kaiser. Nero oder auch Caligula.“ Er ereiferte sich und schwärmte von deren Taten. Sie schien ein Thema angeschnitten zu haben, das ihn von seinem eigentlichen Vorhaben ablenkte. Glaubte sie. Aber ihre Hoffnung währte nicht lang.

„Die Hälfte unserer Zeit ist vorbei. Nun muss ich natürlich auch noch ein wenig von dir erfahren. Sprich mal von dir! Was bist du so für ein Mensch? Was meinst du, wie wirkst du auf andere? Bist du freundlich? Liebenswürdig? Oder bist du arrogant? Egoistisch? Siehst du nur dich und deinen Vorteil? Bist du sanft und gefühlvoll?“ Dabei strich er ihr mit seinen beiden Händen, über die er hellblaue Haushaltshandschuhe aus Latex gezogen hatte, über ihre Wangen. Eiskalt lief es ihr über den Rücken und sie spürte, wie sich ihre Arme und Beine versteiften und sie eine Gänsehaut bekam. Er ließ von ihr ab.

„Liebst du die Menschen? Tust du ihnen gut?“ fuhr er mit seinen Fragen fort.

„Warum quälst du mich so?“ ging sie bewusst nicht auf seine Fragen ein. Ihre Tränen waren versiegt. Sie hatte sich etwas besser im Griff. Aber die Todesangst blieb. „Du bestimmst hier die Spielregeln und verlangst, dass ich sie akzeptiere." Sie hatte plötzlich wieder Mut geschöpft und hoffte, ihn von seinem mörderischen Spiel abbringen zu können, indem sie ihn provozierte. „Stark bist du nur, wenn du mit jemandem spielen kannst, der wehrlos ist. Es ist das sadistische Spiel einer bösartigen Katze, die mit einem gefangenen Mäuschen spielt. Ein erbärmliches Schauspiel!" Sie sah, wie er die Schultern hängen ließ und ein wenig in sich zusammensackte. So saß er eine ganze Weile. Sie schwieg und hoffte, den richtigen Schlag gesetzt zu haben. Würde er sein Vorhaben aufgeben? Hatte sie den richtigen Weg gewählt, um ihn zur Umkehr zu bewegen?

Gedanken jagten durch Gabriels Kopf. War er wirklich ein Sadist, dessen ganzes Vergnügen darin bestand, die Wehrlosigkeit seines Gegenübers zu sehen? Seine Macht über einen anderen Menschen zu spüren? Ging es ihm wirklich darum, diese Frau zu quälen? Nein, er hatte einen Auftrag zu erfüllen. Es war nicht sein Wille zu töten, sondern es war die Mission, die er zu erfüllen hatte. Sünde zu sühnen. Das Weib durch den Tod zu erlösen, auf dass ihm vergeben werde ...

Wie aus tiefer Trance erwacht, kam er wieder zu sich. Er richtete sich auf. Seine Augen verformten sich zu schmalen Schlitzen. Seine Stimme war etwas zittrig, aber gefährlich leise.

„So darf niemand mit Gabriel reden. Schon gar nicht jemand, der andere immer nur seine Verachtung spüren lässt. Der arrogant ist! Überheblich! Kalt! Egoistisch!"

Sie spürte, sie hatte verloren. Er würde nicht verschwinden, ohne sein Werk zu vollenden. Und das hieß Tod. Nur ein Wunder konnte sie noch retten.

Als er sie vom Stuhl losgebunden hatte, um sie ins Schlafzimmer zu schleppen, unternahm sie einen letzten verzweifelten Versuch. Den einzigen Ausweg, den sie sah, war Flucht. Flucht aus diesem Martyrium. Sie musste ihren Peiniger außer Gefecht setzen. Wenige Sekunden schon würden ihr genügen, um die Wohnungstür zu erreichen und zu fliehen. Obwohl nach wie vor an den Händen gefesselt, schlug sie ihm beide Fäuste ins Gesicht und versuchte sein linkes Ohr zu packen. Doch ihre Absicht misslang. Zwar war er für einen kurzen Augenblick irritiert, denn mit ihrem Zeigefinger war sie an seinem Ohrstecker hängengeblieben. Voller Wut schlug er mit beiden Fäusten zu. Sie taumelte und verlor die Besinnung.

Der Körper Miriams lag seltsam verdreht auf der Schwelle zwischen Flur und Schlafzimmer. Gabriel stieg über sie hinweg, packte sie an den Handgelenken und zog sie vollends ins Schlafzimmer. Dort legte er sie auf das Bett, ordnete Rock und Bluse, die sich verschoben hatten, und vergewisserte sich, ob sie noch lebte. Er legte seinen Kopf auf ihre linke Brust, um zu hören, ob ihr Herz noch schlug. Sie lebte. Erleichtert atmete er auf. Er konnte seine Mission erfüllen, wie sie ihm aufgetragen war.
Er ging in die Küche und ergriff die Tasche, die er mitgebracht hatte. Vorsichtig entnahm er ihr das Faustmesser, die Lilie und die rosafarbene Rose. Das Faustmesser legte er auf den Boden, die Rose neben Miriams Kopf auf das Kissen. Die Lilie nahm er in seine gefalteten Hände, kniete nieder und zitierte - bruchstückhaft und scheinbar zusammenhanglos - Verse aus den Hoheliedern.
„Wie eine Lilie inmitten der Dornen“, begann er, verharrte einen Augenblick, als seien die Worte ihm entfallen und

fuhr dann fort, „deine beiden Brüste sind wie ein Zwillingspaar junger Gazellen, die unter den Lilien weiden. Bis der Tag sich kühlt und die Schatten fliehen, will ich zum Myrrhenberge hingehen und zum Weihrauchhügel. Ganz schön bist du, meine Freundin, und kein Makel ist an dir.“ Während er so sprach, waren seine Gesichtszüge entspannt, wie die eines Liebenden, der neben seiner schlafenden Geliebten kniet und ihr zärtliche Worte mit auf den Weg in ihre Träume senden will. Dann - von einer Sekunde auf die nächste - versteinerte sich sein Blick. Seine Augen verengten sich und er begann mit hasserfüllter Stimme erneut eine Passage aus einem der Hohelieder zu zitieren. „Du hast mir das Herz geraubt, meine Schwester, meine Braut; du hast mir das Herz geraubt mit einem deiner Blicke ...“

Genau in diesem Moment schlug Miriam die Augen auf. Sie war starr vor Schreck. Sie sah Gabriel, wie er sich mit verzerrtem Gesicht über sie beugte und ihr das Faustmesser mit voller Wucht in ihre linke Brust stieß. Der Stoß war tödlich. Sie nahm nicht mehr wahr, wie Gabriel ihr noch achtmal das Messer in die Brüste rammte. Das Blut spritzte und tränkte das weiße Laken.

Er ließ von ihr ab. Seine Gesichtszüge, die noch eben einer dämonenhaften Fratze geglichen hatten, entspannten sich. Als wäre nichts geschehen, begab er sich daran, die Dinge zu tun, die noch getan werden mussten. Wie ein Leichenbestatter, der seine Arbeit verrichtet. Routiniert. Alltäglich. Er löste ihre Fesseln an den Handgelenken, faltete ihre Hände, in die er wieder die Rose und die Lilie steckte, wie er dies schon bei den Morden zuvor getan hatte. Das Faustmesser packte er in eine mitgebrachte Plastiktüte und verstaute es in seiner Tasche. Dann ging er

ins Bad und wusch das Blut von seinen Händen, ohne die Latexhandschuhe auszuziehen.
Wieder im Schlafzimmer kniete er am Fußende des Bettes erneut nieder. Er sprach ein kurzes Gebet. „Oh, Herr, ich tat wie du mir befohlen hast. Ich flehe dich an: Nimm die Schuld von mir, die auf meinen Schultern lastet. Erlöse mich, wie du auch sie erlöst hast von ihrer Schuld. Oh, Herr, vergib mir. Nimm mich auf in deiner unendlichen Güte. Lass mich teilhaben an deiner Gnade!"
Er stand auf, verweilte noch ein paar Augenblicke und betrachtete sein Opfer. Es war ihm, als habe Miriam ihren Seelenfrieden schon erlangt. Er drehte sich um, ergriff seine Tasche und ging zur Wohnungstür. Unmittelbar davor zog er seinen aus weißer Gaze bestehenden Schutzanzug aus, der mit Blutspritzern übersät war. Behutsam wickelte er ihn zusammen, ständig darauf bedacht, in ihm befindliche Partikel oder Haare im Inneren des Anzugs zu lassen. Er öffnete leise die Tür und vergewisserte sich, dass niemand sich im Treppenhaus befand. Auf den oberen Stufen streifte er die Duschhauben ab, die seinen Kopf und auch seine Schuhe bedeckten. Auch sie verstaute er in seiner Tasche. Dann ging er die Treppe hinunter. Niemand begegnete ihm. Er trat aus der Haustür und atmete die frische Frühlingsluft tief in seine Lungen ein. Er fühlte sich frei. Befreit von einer schweren Last.

Blumenstraße 9,
Donnerstag, 28. Mai, 15.07 Uhr

Am frühen Nachmittag, einige Minuten nach drei, wurde die Leiche der Krankenschwester Miriam Marzahn in ihrer Wohnung in der Blumenstraße entdeckt. In der Landesfrauen-Klinik hatte die Oberschwester Brunhilde sich gewundert, dass Miriam - sonst immer zuverlässig und pünktlich - um zwei nicht zum Dienst erschienen war. Auch ihre Kollegin Tamara Utz, mit der Miriam eng befreundet war, fand keine Erklärung. Mehrere Versuche, Miriam telefonisch zu erreichen, blieben erfolglos. Da Tamaras Schichtdienst um zwei zu Ende war, versprach sie, ihre Freundin aufzusuchen und sich danach zu melden.
Nachdem niemand öffnete, schloss sie die Wohnungstür, zu der sie einen Schlüssel besaß, voll böser Vorahnungen auf. Der Anblick war schrecklich. Ihre Freundin lag - vollständig bekleidet - mit weit aufgerissenen Augen auf ihrem Bett. Ihr Oberkörper war übersät mit Einstichen. Überall Blut. Selbst auf der Tapete über dem Kopfende waren Blutspritzer zu sehen.
Tamara wollte schreien, aber kein Laut kam über ihre Lippen. Sie stürzte hinaus ins Bad und übergab sich. Sie brauchte eine gewisse Zeit, um zu sich zu kommen. Dann griff sie zu ihrem Handy und wählte die Notrufnummer der Polizei.
„Leitstelle der Polizei“, meldete sich der diensthabende Beamte. „Was kann ich für Sie tun? Bitte nennen Sie zunächst Ihren Namen!“
„Tamara Utz. Bitte kommen Sie schnell. Blumenstraße 9. Meine Freundin wurde ermordet“, sagte sie so leise, dass sie am anderen Ende der Leitung kaum zu verstehen war.

„Blumenstraße 9? Habe ich das richtig verstanden? Wie heißt Ihre Freundin?“
„Miriam Marzahn.“ Noch bevor der Polizist ihr weitere Anweisungen geben konnte, hatte sie das Gespräch beendet.

Polizeipräsidium Wuppertal,
Donnerstag, 28. Mai, 15.32 Uhr

Direkt nach dem Telefonat verständigte der Beamte der Leitstelle die Mordkommission. Fassbinder war selbst am Apparat. Im ersten Moment war er fassungslos, trommelte dann aber sofort seine Leute zusammen, legte fest, wer mitkommen sollte, informierte den Polizeiarzt und gab der Spurensicherung Bescheid.
Wieder ging es mit Blaulicht und Martinshorn in Richtung Elberfeld. In Höhe der Stadthalle bogen sie links ab in die Kölner Straße. Nur wenige Augenblicke später hielten sie vor dem Mehrfamilienhaus in der Blumenstraße und klingelten Sturm. Der Türsummer ertönte. Sie stürzten die Treppe hinauf in den zweiten Stock.
Tamara Utz saß zusammengekauert wie ein Häufchen Elend in der Küche auf einem der beiden Stühle. Sie wirkte völlig apathisch. Svea Großmann nahm sich ihrer an und Dr. Brandt gab ihr eine Beruhigungsspritze.
Im Schlafzimmer bot sich erneut das Bild, das sie schon zweimal gesehen hatten. Der auf den ersten Blick einzige Unterschied waren die Hämatome im Gesicht, so als hätte der Täter dem Opfer vor der Ermordung Fausthiebe versetzt. Ansonsten ein deckungsgleiches Bild. Auch die Zahl der Einstiche war identisch. Es waren neun. Wieder war die Herz-Dame-Spielkarte gelocht, dieses Mal jedoch im unteren linken „D". An den Hand- und Fußgelenken zeigten sich erneut die von einer Fesselung stammenden Scheuerstellen. Selbst den älteren erfahrenen Kollegen war das Entsetzen ins Gesicht geschrieben. Nichts, was sie bisher in ihrer langjährigen Praxis gesehen hatten, war vergleichbar. Es herrschte Sprachlosigkeit. Kalte

Wut ergriff sie alle. Ohne es auszusprechen, schworen sie sich, den Täter zur Strecke zu bringen. Und Fassbinder wusste, sie würden ihn kriegen, diesen bestialischen Killer!

Polizeipräsidium Wuppertal,
Donnerstag, 28. Mai, 19.15 Uhr

Etliche Mitarbeiter der ‚SoKo Gabriel' waren noch unterwegs gewesen, die meisten mit Befragungen beschäftigt. Inzwischen hatte Fassbinder veranlasst, dass alle über den neuesten Mord informiert wurden und eine Besprechung für 19.15 Uhr im Präsidium anberaumt.
Direkt nach der Tatortbesichtigung war Fassbinder zusammen mit Marc ins Untersuchungsgefängnis gefahren, um Lagiers Entlassung zu veranlassen. Es entsprach Fassbinders Naturell, sich solchen Situationen persönlich zu stellen. Lagier gegenüber drückte er sein Bedauern aus, ihn nur aufgrund der Indizien verhaftet zu haben. Doch Lagier wirkte - wider Erwarten - nicht wütend. Vielmehr war er froh, nicht mehr verdächtigt zu werden und dankte Fassbinder, dass er noch am Abend selbst vorbeigekommen war, um für seine Entlassung zu sorgen.

Bei der Besprechung war die Sonderkommission vollständig versammelt. Fassbinder fasste die wesentlichen Fakten zusammen und nannte als vorläufige vom Polizeiarzt geschätzte Tatzeit die Spanne zwischen 12.30 Uhr und 13.15 Uhr.
„Leute", fuhr Fassbinder fort und seine Mitarbeiter wussten in diesem Moment, dass jetzt ein ‚Rund-um-die-Uhr-Job' für sie alle beginnen würde. „Leute, ich will, dass wir dieses Schwein fassen!" Alle fühlten sich in ihrer Einschätzung dessen, was vor ihnen lag, bestätigt, denn das war nicht der Fassbinder, den sie in ihrer täglichen Routine kannten. Das war der Terrier, von denen lange schon ausgeschiedene Mitarbeiter erzählten, wenn sie bei

Pensionärstreffen alte Geschichten wieder lebendig werden ließen.

„Wir treffen uns morgen früh um acht hier im Besprechungsraum. Und macht den Leuten von der KTU Dampf unter den Hintern. Wenn sie nicht spuren, informiert mich. Sagt dem Doc Bescheid, morgen früh will ich den exakten Todeszeitpunkt haben!“ Es war ein einziger Rundumschlag. Keiner seiner Leute sagte ein Wort.

„Svea, Marc und Phillip“, er schaute kurz hoch, wie um sich zu vergewissern, dass sie noch da waren, „ihr kommt gleich in mein Büro. Ich will mit euch noch die Vorgehensweise für morgen und das kommende Wochenende besprechen!“ Das waren nicht die üblichen Bitten, in die er seine Aufträge sonst einzuhüllen pflegte. Das waren Befehle, die keinen Widerspruch duldeten. „Die Anderen können nach Hause gehen. Ich kann´s nicht ändern. Macht euch auf ein arbeitsreiches Wochenende gefasst. Auch wenn Pfingsten ist. Dann bis morgen.“ Damit schnappte er sich seine Unterlagen und eilte in sein Büro.

**Polizeipräsidium Wuppertal,
Freitag, 29. Mai, 8.00 Uhr**

Noch am Abend zuvor war auch Dr. Wehmayer von Fassbinder persönlich über den neuesten Mord informiert worden. Morgens acht Uhr war nicht seine Zeit, zu der er üblicherweise seinen Arbeitstag begann. Heute jedoch hatte er es sich nicht nehmen lassen, der so früh angesetzten Besprechung beizuwohnen. Gemeinsam mit Fassbinder und dem Polizeiarzt Dr. Brandt, der eine Nachtschicht eingelegt hatte, saß er vorne am Tisch. Die ‚SoKo Gabriel' war vollständig erschienen, die meisten sogar deutlich vor dem vereinbarten Termin.
Im Gegensatz zum gestrigen Abend wirkte Fassbinder nicht mehr so übel gelaunt. Er hatte sich selbst klar gemacht, dass der so sehr herbeigesehnte Erfolg nur würde eintreten können, wenn jetzt alle kühlen Kopf bewahrten und jeder sein Maximum einbrächte. Das bei seinen Mitarbeitern abzurufen, konnte nur gelingen, wenn er selbst als Vorbild voranginge. Und dazu gehörte, ihnen Vertrauen entgegenzubringen und geduldig zu sein.
„Guten Morgen. Nein, das ist er ganz und gar nicht ... ein guter Morgen. Aber wir werden die nächsten Tage zu guten Tagen machen, indem wir systematisch Spur für Spur verfolgen, bis wir auf der richtigen Fährte sind. Und dann haben wir ihn!" beendete er seine kurze Begrüßung, die einem Appell glich.
„Wie sieht´s aus Doc?" wandte er sich an den Polizeiarzt. „Todeszeitpunkt?"
„Ziemlich genau 13.00 Uhr, plus minus zehn Minuten", begann er seine Ausführungen und wirkte seltsam aufgeregt. „Sie erinnern sich an die Hämatome im Gesicht der

Toten. Sie stammen von Faustschlägen unmittelbar vor dem Todeseintritt. Und zwar von - mit Gummihandschuhen überzogenen - Fäusten. Wir haben entsprechenden Abrieb feststellen können."

„Aber wieder keine DNA?"

„Doch, männliche DNA-Merkmale!" Der Satz schlug ein wie eine Bombe. Unruhe machte sich breit.

„Wieso das, wenn er doch Handschuhe trug?" fragte Fassbinder erstaunt.

„Dieses Mal hat das Opfer sich offensichtlich gewehrt. Wahrscheinlich hat die gut durchtrainierte Frau den Täter, nachdem er sie vom Stuhl losgebunden und die Fußfesseln gelöst hatte, weggestoßen, um einen Fluchtversuch zu unternehmen. Dabei muss sie mit ihren Händen, die wahrscheinlich vor ihrem Körper gefesselt waren, an sein Gesicht oder seinen Hals geraten sein, ohne ihn allerdings ernsthaft zu verletzen. Denn Blutpartikel von ihm haben wir nicht unter ihren Fingernägeln gefunden, wohl aber winzige Hautschuppen."

„Gratuliere Doc, das könnte der Durchbruch sein. Das heißt, wir können uns, was bisher nur Vermutung war, auf die Männer als Täter konzentrieren."

„Ja, wenn man das Phänomen der Doppel-DNA außer Acht lässt."

„Was heißt das denn nun schon wieder?"

„Mit einer Wahrscheinlichkeit von 99,99 % können wir von einem männlichen Täter ausgehen. Nur der Vollständigkeit halber muss ich erwähnen, dass das Münchner Institut für Rechtsmedizin erst vor wenigen Monaten bei einem Selbstmörder eine solche Doppel-DNA infolge einer bei ihm zu Lebzeiten erfolgten Knochenmarkübertragung einer weiblichen Spenderin festgestellt hat."

„Okay, Doc, das vernachlässigen wir, zumal ja so gut wie alle Indizien auf einen männlichen Täter hinweisen. Aber vielen Dank. Dann hat sich Ihre Nachtschicht ja gelohnt! Sonstige Besonderheiten gegenüber den anderen Fällen?"
„Nein. Das gleiche Tatmuster. Neun Einstiche, überwiegend in der linken Brust. Scheuerstellen an den Fuß- und Handgelenken durch Fesselung."
„Also richten wir unser Augenmerk auf die männlichen ‚Speed-Dater' des Wuppertaler Bistros. Das heißt im Klartext: Wir brauchen die DNA aller Besucher. Das wird eine Sisyphus-Arbeit. Marc, wie viele männliche Teilnehmer hat die Datei von Vera Corts?"
„Über den Daumen gut 200."
„Prost Mahlzeit!"
Mit dem Einverständnis von Dr. Wehmayer hatte Fassbinder die Sonderkommission noch um ein paar Mann erweitern dürfen. Das war jetzt hilfreich, denn die DNA aller männlichen Teilnehmer mussten so schnell wie möglich beschafft und mit dem vorhandenen Material abgeglichen werden. Deshalb schickte Fassbinder Phillip zusammen mit den Neulingen sofort los, um die Proben zu besorgen. Was heute nicht gelang, musste am Wochenende nachgeholt werden.
Dr. Wehmayer wünschte der Mannschaft viel Erfolg und verabschiedete sich mit der Bemerkung, um neun einen nicht verschiebbaren Termin zu haben. Dr. Brandt folgte ihm.
Danach setzte sich der Rest der Sonderkommission gemeinsam mit Fassbinder zusammen, um die vorliegenden Erkenntnisse auf den Flipcharts zu visualisieren.
„Wir haben uns bei unseren bisherigen Ermittlungen zu

sehr mit scheinbaren Indizien beschäftigt. Das ist immer die große Gefahr, wenn wir ein einzelnes Indiz so überbewerten, dass wir schon glauben, mit ihm quasi einen Beweis in Händen zu halten. So wie es uns mit dem Anagramm passiert ist. Es war ein so phantastischer Gedanke, dass wir alles andere beiseite geschoben haben und uns auf Lagier gestürzt haben. Nur auf ihn. Nein, Svea, das war nicht dein Fehler", wandte er sich an die Polizeipsychologin, die sichtlich verlegen war. „Nein, im Gegenteil. Das war genau das, was ich will. Ihr sollt eurer Phantasie freien Lauf lassen. Aber dann ist es an uns allen, jeden Gedanken nicht nur euphorisch aufzunehmen, sondern auch kritisch zu hinterfragen. Bei der Analyse, die wir jetzt vornehmen werden, sollten wir Wert auf die Übereinstimmungen, aber auch auf die Unterschiede legen, und zwar bei den Opfern, den Tatausführungen und dem Täter. Beschränken sollten wir uns zunächst nur auf die Wuppertaler Fälle. Einverstanden?" fragte er in die Runde. „Dann los! Cora würdest du bitte die Ergebnisse am Flipchart notieren?" wandte Fassbinder sich an Cora Behrens, eine der jüngeren Kommissarinnen.
Nachdem sie in den folgenden eineinhalb Stunden alles zusammengetragen hatten, notierte Cora auf einem gesonderten Blatt nochmals einige Fakten.

Übereinstimmungen:

- neun Einstiche (überwiegend linke Brust)
- Tatzeit immer gegen Mittag
- Tatorte: Wohnungen im Mehrfamilienhaus
- Tatwaffe immer identisch (Faustmesser)
- keine Einbruchspuren (Täter = Bekannter, Freund?)
- Fußgelenk- und Handgelenk-Fesselung

- gelochte Herz-Dame-Spielkarte (Lochung wechselt)
- Namenszug GABRIEL mit blauem Filzstift
- Fundort der Leichen: Bett (vollständig bekleidet)
- keine Anzeichen sexueller Gewalt
- gefaltete Hände (immer mit Lilie und Rose)
- Opfer immer weibliche Angestellte
- Opfer Teilnehmerinnen an Speed-Date-Partys

Unterschiede:
- Opfer nicht typisiert (Größe und Haarfarbe differieren)
- bisher keine Gewaltanwendung (Ausnahme: letzter Mord)
- bisher keine DNA-Spuren (Ausnahme: letzter Mord)
- Tattage: Sonntag, Dienstag, Donnerstag

„Haben wir irgendetwas übersehen?" ergriff Fassbinder anschließend wieder das Wort. „Svea, fällt dir noch etwas auf, das Rückschlüsse auf seine Psyche zulässt?"
„Nein, momentan nicht. Aber vielleicht sollten wir uns auch mit der Psyche der Frauen beschäftigen. Gerade weil der Täter bei seinen Opfern keinen bestimmten Typus gewählt hat, könnte deren Verhaltensmuster die Ursache für sein Handeln sein."
„Mmh, und was haben wir da für Anhaltspunkte?"
„Wir könnten die anderen Teilnehmer befragen ... oder ... die Karteikarten durchsehen."
„Aber auf denen stehen doch nur die Daten, der ‚Nickname', die E-Mail-Adresse und die Bewertung des jeweiligen Partners. Und das auch nur in Form eines ‚Nein' oder eines ‚Ja'."
„Richtig, aber wir haben es aller Wahrscheinlichkeit nach mit einem psychisch gestörten Täter zu tun. Könnte es

nicht sein, dass er sein Gegenüber - wie soll ich es ausdrücken - anbetet, und sie will nichts von ihm wissen?! Mit ihrem ‚Nein' versetzen die Frauen ihm quasi einen Stoß - mitten in sein Ego. Und diesen Stoß gibt er voller Hass zurück, indem er ihn mehrfach ausführt. Immer wieder stößt er zu! Und dass es genau neun Stiche sind, soll uns wieder einen zusätzlichen Hinweis geben, und zwar auf die Neun-Minuten-Gespräche, die Basis für all das, was er erleiden musste!"
„Ein möglicher Aspekt", erwiderte Fassbinder ganz vorsichtig, denn er wollte nicht wieder den Eindruck erwecken, sogleich auf diesen Zug aufzuspringen. Aber ihm imponierte Svea, die sich trotz der falschen Spur mit dem Anagramm gleich wieder einbrachte. Und der Rachegedanke schien ihm auch ziemlich plausibel zu sein.
„Okay, Svea. Lass dir von Marc die Daten aus der Bistro-Datei überspielen und werte sie aus. Schaffst du das bis nach dem Mittagessen?"
„Kein Problem, bin gegen zwei in Ihrem Büro!"
Jetzt meldete sich Cora, die die ganze Zeit nur die Daten und Fakten aufgeschrieben hatte, zu Wort. „Mir ist da eben noch etwas aufgefallen, als ich in der Spalte ‚Unterschiede' die verschiedenen Wochentage notierte. Zur Kontrolle habe ich noch mal die Wochentage mit den Tattagen verglichen und in der Monatsübersicht nachgeschaut. Die Tattage haben alle einen Abstand von neun Tagen: Jeweils nach neun Tagen geschah ein neuer Mord."
Cora war sich gar nicht darüber im Klaren, welch wesentliche Erkenntnis sie da zu Tage gefördert hatte. Alle waren sprachlos. Als Erster fand Fassbinder seine Sprache wieder. „Das ist wirklich grandios! Ein Zeichen, das wir bisher übersehen haben. Mensch, Cora! Alle Achtung!"

Auch die Anderen geizten nicht mit Komplimenten oder nickten zumindest bewundernd in ihre Richtung.
„Dann füge das mal unter Übereinstimmungen hinzu!" sagte Fassbinder und sie schrieb: ‚Abstand zwischen den Taten jeweils neun Tage'.
„Leider kennen wir damit auch zugleich unser neues Zeitfenster: Vor dem 6. Juni müssen wir unseren Täter dingfest gemacht haben. Denn dass er mindestens noch einen Mord plant, dafür spricht das letzte - noch ungelochte - „D" auf der Herz-Dame-Spielkarte. Also ran an die Arbeit. Es bleibt uns nur noch wenig Zeit!"

Gabriels Wohnung,
Freitag, 29. Mai, 13.00 Uhr

„Das war knapp“, murmelte Gabriel vor sich hin, als er auf die Uhr sah und feststellte, dass seine letzte Bestrafungsaktion exakt 24 Stunden zurücklag. Er stand vor dem Spiegelschrank im Badezimmer. Gründlich untersuchte er - wie schon gestern Abend - seine Nase und dann sein linkes Ohr, weil der Schlag ihn zuerst im Gesicht getroffen hatte und dann seitlich abgerutscht war. Die Nase kam ihm ein bisschen geschwollen vor. Aber das konnte täuschen.

So ein Biest, dachte er, sich an das gestrige Geschehen erinnernd. Da ist es diesem kleinen Luder doch beinahe gelungen, mich zu überlisten! Doch niemand, den der Herr auserwählt hat, kann mir entkommen. Die sündigen Frauen müssen begreifen, wie gütig und gnädig der Herr ist, wenn er ihnen vergibt. Ich bin der Vollstrecker seines Willens. Durch mich wird dem Weib die Gnade zuteil. Ich bin Gottes Diener, durch den er Gerechtigkeit walten lässt. Die Sünden des Weibes werden durch mich gesühnt.

Gabriel war inzwischen in den Flur gegangen und vor seinem Altar auf die Knie gesunken. Sein Oberkörper streckte sich. Mit nach oben gereckten Armen, die Hände nach hinten gebogen, als stemme er ein Gewicht, begann er leise zu beten.

„Oh, Herr, lass mich auf ewig dein Diener sein. Nimm mich auf in die Jüngerschaft deines Sohnes. Immer wirst du dich auf mich verlassen können. Was du mir befiehlst, wird mir heilig sein. Vergib mir, dass ich an dir gezweifelt habe, als du so lange geschwiegen hast. Von nun an werde ich der Treueste unter deinen Dienern sein, bis in alle

Ewigkeit. Oh, Herr, mein Gebieter, sei mir gnädig!"

Mit den Handflächen berührte Gabriel den Boden und küsste ihn. Er stand auf und trat dicht an den Altar. Jetzt war er wieder mit sich und der Welt im Reinen. Sein biblisches Schwert - fast liebevoll strich er über die Klinge des inzwischen vom Blut gereinigten und vor ihm liegenden Faustmessers - hatte wieder der Gerechtigkeit ein Stück zum Sieg verholfen.

Er zog sich aus und duschte. Immer häufiger hatte er in letzter Zeit das Bedürfnis, sich lange und gründlich zu waschen. Auch den irdischen Schmutz abzuspülen, wenn seine innere Reinigung sich bereits durch die Bekämpfung der Sünden einmal mehr vollzogen hatte.

Polizeipräsidium Wuppertal,
Freitag, 29. Mai, 14.20 Uhr

„Bin gerade erst mit der Aufstellung fertig geworden, Chef!“ rief Svea aufgeregt, noch bevor sie Fassbinder gegenüber an seinem Schreibtisch Platz genommen hatte, und wedelte mit einigen Blättern Papier.

„Und Erfolg gehabt?“

„Ich meine, ja!“

„Schieß los!“

„Also alle drei ermordeten Frauen haben eine weitere Gemeinsamkeit. Und zwar haben sie - das betrifft die ersten beiden Frauen - keinem der Gesprächspartner ein ‚Ja‘ gegeben. Das ist bei keiner anderen Teilnehmerin vorgekommen.“

„Interessant. Und du meinst, darin könnte für den Täter so eine Art Rachemotiv liegen?“

„Für einen Psychopathen denkbar. Verletzte Eitelkeit! Verletzter Stolz! Verletztes Ego!“

„Und was ist mit dem dritten Opfer?“

„Ein einziges ‚Ja‘. Wenn Sie so wollen, hat sie sich einen einzigen Mann ausgesucht nach dem Motto ‚Den oder keinen!‘. Das heißt Ausgrenzung aller acht anderen Männer!“

„Schon nicht ganz so überzeugend, aber immerhin ein Aspekt. Was ist denn so der Schnitt von Ja-Stimmen?“

„Der Schnitt liegt so bei drei bis fünf, in der Spitze sogar einmal acht!“

„Wie viele Frauen sind noch dabei, die wie das dritte Opfer nur ein ‚Ja‘ angekreuzt haben?“

„Zwei, nur zwei.“

Fassbinder pfiff hörbar durch die Zähne. „Und du meinst,

die sind hochgradig gefährdet, sozusagen potenzielle Opfer?“
„Ja, ich bin zwar jetzt ein bisschen vorsichtiger mit meinen Prognosen, aber das ist meine Überzeugung!“
„Svea, ich hab´s dir vorhin schon vor den Anderen gesagt. Bleib dabei. Sag, was du denkst. Gerade du als Psychologin kannst uns wertvolle Hinweise geben. Vor allem, wenn wir es mit so einem Spinner zu tun haben!“
„Ja, Chef, ich weiß. Deshalb sage ich Ihnen ja auch, dass ich die beiden Frauen für extrem gefährdet halte!“
„Und wenn wir da wirklich schief lägen, wär´s auch kein Beinbruch. Im jetzigen Stadium lieber ein bisschen mehr Personenschutz als zu wenig. Die Presse heizt uns so oder so ein. Möchte nicht wissen, was nach der Pressekonferenz heute Abend morgen in den Zeitungen steht.“
Svea reichte ihrem Chef eine Excel-Datei über den Schreibtisch. „Das ist die gesamte Auflistung mit meinen Anmerkungen in der letzten Spalte.“ Dann gab sie ihm ein weiteres Blatt. „Und hier habe ich Ihnen gesondert die Namen und Adressen sowie die Geburtsdaten der beiden Frauen notiert.“

Sabine Staudt, 28.08.1967,
Horststraße 4, 42781 Haan
Sandra Niemetz, 06.06.1977,
Emilienstraße 31, 42287 Wuppertal

Mit Blick auf das Blatt meinte Fassbinder: „Ein lustiges Geburtsdatum, sechster sechster siebenundsiebzig!“
„Ist mir auch schon aufgefallen, aber so lustig finde ich es gar nicht. Ihr 32. Geburtstag fällt genau auf den neunten Tag nach dem letzten Mord!“
„Du hast Recht, Svea. Und wenn deine Theorie stimmt ... nicht auszudenken. So verschroben wie der Täter tickt,

könnte er ihr eine Geburtstagsüberraschung bereiten wollen!"
„Mensch Chef, das ist ja furchtbar, was Sie da sagen. Aber es stimmt, wir müssen mit allem rechnen ... falls, ja falls ich wirklich Recht habe."
„Vielleicht ist dieser Zufall gar nicht so schlecht. Gabriel könnte es als göttliche Fügung interpretieren, so dass wir unsere Kräfte besser bündeln könnten."
„... aber um die andere Frau müssten wir uns natürlich auch kümmern!"
„Stimmt, ein echter Vorteil ist das nicht. Aber wir gehen schon wieder davon aus, dass alle unsere Überlegungen richtig sind. Vieles spricht dafür, aber wir müssen skeptisch bleiben. Ich denke, wir sollten bei der nächsten Besprechung die Anderen mit dieser Theorie konfrontieren. Mal sehen, wie so die allgemeine Meinung ist. Dir auf jeden Fall erst einmal vielen Dank."

‚Focus-Versicherungs-AG',
Freitag, 29. Mai, 16.10 Uhr

„Hallo Sandra, schön deine Stimme zu hören!"
„Du Schmeichler, aber vielen Dank. Die netten Dinge, die du sagst, habe ich ziemlich lange vermisst ..."
„Meinst du von mir?"
„Nein, ich meine eher die etwas längere Zeit vor dir!"
„Ist Geschichte. Jetzt hast du ja mich!"
„Und darüber bin ich glücklich", flüsterte Sandra ins Telefon, wobei sie sich auch etwas in Richtung Fenster drehte, denn sie wollte nicht, dass ihre Angestellten mitbekamen, wie sehr vertraut sie bereits miteinander waren.
„Wann sehen wir uns? Heute, morgen, übermorgen?" sprudelte es in seiner jungenhaften Unbekümmertheit aus ihm heraus.
„Am liebsten an allen Tagen, aber ich muss die Vernunft siegen lassen und dich auf morgen vertrösten!"
„Das halte ich nicht aus. Ich werfe mich hinter den Zug!" flachste er und beide mussten lachen. „Okay, wann, wie, wo?"
„Wollen wir zuerst ins Kino gehen?"
„Was meinst du mit zuerst?"
„Du weißt schon, wie ich das meine. Und wenn wir erst ins Kino gehen, kann ich mich länger auf dich freuen!"
„Sag mal, können die in deinem Laden eigentlich alles mithören, was du da so zum besten gibst?"
„Nein, ich sage das ja alles ganz leise", senkte sie ihre Stimme noch mehr. „Ich glaube, mich hat´s ganz schön erwischt!"
„Dann sind wir ja schon zwei. Also wann treffen wir uns wo? Und welchen Film hast du denn überhaupt

ausgesucht?"
„Er heißt ‚Wie im Himmel'..."
„Wie passend!" unterbrach er sie.
„... es ist ein schwedischer Film. Er soll wundervoll sein und so sanft ... wie du!" fügte sie noch hinzu.
„Klingt gut. Okay. Und in welchem Kino läuft er?"
„Im Cinema in Barmen. Am besten du fährst mit der Schwebebahn vom Landgericht bis Wupperfeld. Von da sind es noch 100 Meter bis zur Berliner Straße und direkt um die Ecke ist das Kino. Wir treffen uns da so kurz vor acht. Ist das okay?"
„Bestens. Dann kann ich ja heute auf die Rolle gehen!"
„Untersteh dich, schon dich lieber für morgen!"
„Aye, aye, Käpt´n, habe verstanden. Keine Munition unnütz verschießen!"
„Weißt du was du bist?"
„Lass mich raten! Ganz unmöglich?"
„Genau das meine ich."
„Dachte ich mir. Also dann bis morgen!"
„Ciao, und träum von mir!"
„Mach ich, ciao, Sandra!"

Bistro ‚Vera & Friends',
Samstag, 30. Mai, 12.10 Uhr

Vera hatte Carlo gebeten, gegen zwölf im Bistro zu sein. Seit den Morden florierte das Geschäft wie nie zuvor. Sensationslüstern wie die Menschen sind, kamen Leute, die sie nie zuvor im Bistro gesehen hatte. Man merkte ihnen sofort an, dass sie auf der Suche nach einer bestimmten Aura waren, die diesem Ort anhaften musste. Die Medien hatten viel dazu beigetragen, dem Bistro etwas Mystisches zu verleihen.
Das war die eine Seite der Medaille. Andererseits wusste sie nicht einzuschätzen, wie die Öffentlichkeit - und vor allem auch die örtliche Presse - reagieren würde, wenn sie quasi zur Tagesordnung überginge und im normalen Rhythmus wieder eine Speed-Date-Party veranstalten würde. Vorgesehen wäre der kommende Freitag, wie auch bereits in den Langzeit-Programmen angekündigt. Hierüber wollte sie mit Carlo sprechen. Er war sensibel und hatte deshalb bei Bauchentscheidungen oft ein sicheres Gefühl, was zu tun sei.
„Was meinst du, Carlo? Sollen wir am nächsten Freitag die angekündigte Party canceln?"
Carlo liebte diese so seltenen Situationen, wenn Vera ihn um Rat fragte. Das waren die Augenblicke, in denen er sich besonders zu ihr hingezogen fühlte. Vera, die sonst so starke Frau, zeigte sich in diesen Momenten schwach. Das gab Carlo das Gefühl, ihr näher zu sein als üblich. Und er glaubte dann auch, sie suche seine Nähe. Oft schien sie so unnahbar, so unerreichbar für ihn. Doch wenn sie ihn um Rat fragte, empfand er das so, als wolle sie ihm sagen, dass sie ihn brauche. Es waren glückliche Momente für ihn,

die er auskosten wollte, denn ganz schnell konnten sie schon wieder vorüber sein. Sich verflüchtigen. Sich auflösen ins Nichts. Dann war der Abstand zwischen ihnen wieder da, den er nicht zu überwinden wusste.

„Das ist eine schwierige Entscheidung. Ich hab auch schon drüber nachgedacht. Vielleicht sollten wir wirklich warten, bis der Mörder gefasst ist ..."

„Aber wenn du bedenkst", fiel Vera ihm ins Wort, „dass der Laden zurzeit gerade wegen der Morde brummt, also die Neugierigen anzieht, wie ..."

„Wie die Motten das Licht", vollendete Carlo ihren Satz.

„Ja, dann wären doch wahrscheinlich die Gäste der nächsten Party tierisch sauer, wenn wir den Termin jetzt absagen würden. Schau dir doch mal die Warteliste an. Wir sind inzwischen für die nächsten vier Veranstaltungen ausgebucht. Eigentlich müssten wir überlegen, noch Zusatztermine einzuschieben."

„Die Menschen sind bekloppt! Reine Sensationsgier!"

„Du hast Recht. Aber wir müssen natürlich auch ans Geschäft denken. Wenn´s Manna regnet, brauchst du Löffel", gebrauchte sie eine von ihr oft benutzte Floskel, wenn sie einen guten Deal witterte.

„Also meinen Sie, wir sollten den Termin nicht absagen."

„Wenn du mitziehst, ja!"

Das tat ihm gut. Sie wollte nicht alleine entscheiden. Auf ihn kam es nun an, ob die Veranstaltung stattfinden würde oder nicht. Er wusste jetzt, dass ihr seine Meinung wichtig war. Darauf würde es ankommen. Aber er wollte sie noch ein wenig zappeln lassen.

„Sie sind der Boss! Sie entscheiden!"

„Ja, aber nicht gegen deinen Willen. Dein Urteil ist mir

schon wichtig. Wenn du ‚Nein' sagst, canceln wir." So wie das Gespräch verlaufen war, schien es ihr nicht ganz fair zu sein, ihn mit in die Verantwortung zu nehmen. Aber es ging ihr auch darum, Carlo so zu motivieren, dass er seinen Job am kommenden Freitag wie üblich routiniert und gut gelaunt machen würde. Nur so konnte das Geschäft vor allem nach der eigentlichen Party florieren, wenn gerade die Männer sich spendabel zeigten. Oft von der Hoffnung getragen, von der eingeladenen Angebeteten zuvor im 9-Minuten-Gespräch ein ‚Ja' ergattert zu haben und auf diese Weise den eventuell weiteren Weg ebnen zu können.

„Ist okay, Chefin, wir bleiben dabei. Am kommenden Freitag steigt die nächste Party!" Hatte Carlo sich vorher noch zögernd zu Veras Frage geäußert, wollte er jetzt ganz bewusst entschlossen wirken. Vera sollte wissen, was sie an ihm hatte.

Polizeipräsidium Wuppertal,
Samstag, 30. Mai, 16.00 Uhr

Der Tag war erfolgreich verlaufen. Nur noch von 23 männlichen Kunden des Wuppertaler Speed-Date-Bistros mussten DNA-Proben genommen werden. Aber Geduld war angesagt. Denn die Sonderkommission konnte frühestens am Dienstag nach den Pfingstfeiertagen ihre Arbeit fortsetzen.

Die Proben wurden unverzüglich in die Labore der KTU und des LKA in Düsseldorf zur Auswertung gebracht. Überstunden waren angesagt. Besondere Situationen erforderten eben besondere Maßnahmen. Alle beteiligten Teams waren bis in die Haarspitzen motiviert. Ohne Ausnahme.

Fassbinder berichtete von den jüngsten Ergebnissen. Er bedankte sich bei seinen Mitarbeitern und schloss in seinen Dank auch ausdrücklich die Leute des LKA ein. Nicht immer war in der Vergangenheit das Verhältnis zwischen seinem Kommissariat und dem LKA in Düsseldorf frei von atmosphärischen Störungen gewesen. Aber dieses Mal hatte die Zusammenarbeit bestens geklappt.

„Bevor ich euch nun - zugegeben ziemlich verspätet - ins Pfingstwochenende schicke, möchten wir euch noch einen neuen Aspekt mitteilen." Damit wandte er sich an Svea Großmann. „Am besten du berichtest kurz selbst."

„Wie ihr wisst, sollte ich die Karteikarten auswerten", begann Svea. „Dabei fiel mir ein ähnliches Verhaltensmuster der drei Opfer auf. Die beiden zuerst ermordeten Frauen haben bei den Beurteilungen ihrer Gesprächspartner kein einziges ‚Ja' angekreuzt und auch das dritte Opfer nur ein einziges. Damit rangieren sie aus der Sicht der Teilneh-

mer am unteren Ende der - ich nenne es mal - Goodwill-Skala."
„Das heißt, du meinst, dass in dem kranken Hirn unseres Gabriels in den Ablehnungen seiner Person ein Rachemotiv zu sehen sein könnte?" preschte Marc vor.
„Ja, vielleicht sogar nicht einmal die Ablehnung gegenüber seiner Person, sondern generell die demonstrative Ablehnung aller - oder fast aller - Teilnehmer."
„Gabriel als Racheengel! Mit dem Tod wird die Sünde gesühnt", meinte Phillip, der sich ja intensiv mit den verschiedenen Literaturmeinungen zu Gabriel auseinandergesetzt hatte. „Und die Sünde der Opfer bestünde dann aus seiner Sicht nur in deren ignorantem, hochmütigen Verhalten den männlicher Teilnehmern gegenüber? Meinst du das wirklich?"
„Ja, Phillip, so in etwa scheint er zu ticken."
Fassbinder hörte sich in aller Ruhe den Dialog zwischen seinen beiden Mitarbeitern an. Schon oft war ein solcher Gedankenaustausch, auch wenn er gelegentlich in die Irre führte, der Weg zur Lösung eines Falles.
„Das heißt dann aber auch", setzte Phillip erneut an, „wenn man die krankhaften Vorstellungen weiterspinnt, dass Gabriel sich seine Opfer gerade deshalb aus den Teilnehmerinnen an den Speed-Date-Partys aussucht, weil ihm solche Orte - wie soll ich sagen - so eine Art Sündenpfuhl zu sein scheinen."
„Ja, Phillip, aber nur das Weib steht für die Sünde. Das Weib ist die Verführende, die das Zepter schwingt. Sie lässt - wenn man es volkstümlich ausdrücken will - die Männer nach ihrer Pfeife tanzen. Sie knechtet die Männer, indem sie - wie einst im alten Rom die Cäsaren - den Daumen nach oben oder nach unten bewegt. Leben oder

Tod. Wenn dem Mann die Gunst des erhobenen Daumens - im übertragenen Sinne das ‚Ja' - gewährt wird, dann darf er weiter hoffen. Ein ‚Nein' heißt Ende aller Hoffnung. Die Gunst wird keinem oder nur einem Einzigen geschenkt. Alle anderen werden ausgeschlossen. Sie zeigt sich hartherzig, unnachgiebig, unerbittlich ... Aus der Sicht Gabriels ist das die Sünde, die das Weib auf sich lädt. Und diese Sünde zu sühnen, sieht er sich als Racheengel auserwählt."

„Vieles, von dem, was du da andeutest, deckt sich auch mit den schillernden Facetten dieses Erzengels Gabriel, wie er in der jüdischen, der islamischen und letztlich eben auch christlichen Literatur dargestellt wird", stimmte Phillip ihr zu.

„Aber die Ursachen für diese Morde", ließ sich jetzt Fassbinder vernehmen, „müssen doch auf irgendwelche tiefgreifenden Ereignisse in seiner Vergangenheit zurückzuführen sein."

„Ja, das vermute ich. Nach allem, was ich über derartige Konstellationen bisher in Lehrbüchern gelesen habe, bleibt mir nur der Schluss, dass Gabriel ein traumatisches Erlebnis in seiner Kindheit oder seiner Jugend gehabt hat. Wahrscheinlich hat er eine Frau mit abgöttischer Hingabe geliebt. Und diese Frau muss für ihn unerreichbar gewesen sein, ihn tödlich gekränkt oder ihn abgewiesen haben. Dies würde auch erklären, weshalb Gabriel seine Opfer einerseits geradezu hinrichtet, andererseits ihnen aber mit großer Zuneigung begegnet. Das zeigt sich durch das immer gleichbleibende Blumenarrangement, das er ihnen in die gefalteten Hände steckt."

Wieder einmal waren Sveas Kollegen von ihren aufschlussreichen Ausführungen, die sie ruhig und sachlich vorgetragen hatte, beeindruckt. Man merkte es an den Reaktionen. Vergessen war die Anagramm-Theorie, die ihnen allen ja auch imponiert hatte, wenngleich sie in die Sackgasse führte.

„Klingt plausibel“, meinte Marc. „Gibt es noch mehr Teilnehmerinnen, die sich - wie soll ich es nennen - die sich so bedeckt gehalten haben?“

„Ja, zwei fallen noch in dieses Raster. Zwei Frauen, die jeweils nur einmal ‚Ja‘ angekreuzt haben“, antwortete Svea. „Und wenn ihr meine Ausführungen nicht für abwegig haltet, müssen diese beiden Frauen besonders geschützt werden.“

Es meldeten sich noch einige Kollegen zu Wort. Die allgemeine Meinung war einhellig: Sie teilten Sveas Theorie. Fassbinder erläuterte noch die Besonderheit, dass der 32. Geburtstag von Sandra Niemetz auf den potenziellen nächsten Tattag, den 6. Juni, falle. Abschließend wurden die weiteren für den Dienstag vorgesehenen Schritte erörtert und die Aufgaben verteilt. Gegen halb sechs beendete er die Sitzung.

Emilienstraße 31,
Samstag, 30. Mai, 22.50 Uhr

Sandra ahnte nichts davon, wie sehr sie in den Fokus polizeilicher Präventivmaßnahmen geraten war. Sie genoss das Heute. Die Sorgen, die die Mordkommission sich augenblicklich - ihre Person betreffend - hinsichtlich des kommenden Wochenendes machte, kannte sie nicht.
Der Film von Kay Pollak hatte beide tief beeindruckt und versetzte sie zunächst in eine nachdenkliche Stimmung. Sie mussten den Film erst einmal sacken lassen. So war die kurze Fahrt zu Sandras Wohnung vom Schweigen bestimmt.
Ihre Stimmung wandelte sich, als sie bei romantischer Radiomusik im Wohnzimmer aneinander gekuschelt saßen, ein Glas Rotwein tranken und sich ‚wie im Himmel' fühlten. Sie ließen den Film Revue passieren und freuten sich, dem guten Tipp gefolgt zu sein. Irgendwann war ihnen das Kuscheln nicht mehr genug. Er nahm sie in seine Arme und trug sie ins Schlafzimmer. Sie entkleideten sich gegenseitig. Wie bei ihrem ersten Beisammensein. Als sie ganz nackt auf dem Bett lagen, nahm sie ihn an die Hand und zog ihn ins Badezimmer. Er ließ es ohne zu fragen geschehen. Sie stellte die Dusche an, drehte an den Hähnen hin und her, bis die Temperatur stimmte. Dann stieg sie in die Duschwanne, stellte sich in die Mitte unter den Strahl und ließ das Wasser - Hände und Arme über ihren Kopf gestreckt - an sich herunterfließen. Niko stand davor und betrachtete das Schauspiel.
„Wie schön du bist", sagte er leise zu ihr. Und wie anmutig sie sich bewegt, ganz natürlich und ohne Scham, dachte er und konnte den Blick gar nicht von ihr lassen. Das

Wasser lief über ihre wohlgeformten Brüste, ergoss sich in kleinen Rinnsalen über ihren flachen Bauch und strömte schließlich an den Innenseiten ihrer Schenkel herab auf ihre Füße. Sie reichte ihm das Shampoo und er seifte sie von Kopf bis Fuß ein. Dann tat sie es ihm gleich. Nach und nach wurden die sanften Berührungen fordernder und nur mit Mühe konnten sie der Versuchung widerstehen, sich gleich hier im Strahl des Wassers zu lieben.

„Komm, Liebster", sagte Sandra zu ihm. „Komm, Niko, ich halte es nicht mehr aus!" Er hüllte sie in ein großes Badehandtuch und trug sie hinaus. Im Bett trocknete sie ihn flüchtig ab. Sie küsste seine behaarte Brust und seinen Bauchnabel, in den sich noch ein paar Tropfen Wasser gerettet hatten. Sie bedeckte seinen Körper mit Küssen, streichelte und massierte ihn zärtlich, so dass er leicht zu stöhnen begann. Sie nahm es als Zeichen und schob sich behutsam auf ihn. Schon nach wenigen Sekunden begannen sich ihre Körper im Rhythmus des ‚Bolero', der gerade Augenblicke zuvor im Radio zu spielen begonnen hatte, zu bewegen.

Er ließ ihr die Zeit und dafür war sie ihm unendlich dankbar. Auf einer Welle wogenden Glücks ritt sie in sanftem Trab dahin und folgte dem Galopp, in den er schließlich verfiel.

Horststraße 4, Haan,
Montag, 1. Juni, 18.00 Uhr

Fassbinder selbst hatte die Aufgabe übernommen, Sabine Staudt aufzusuchen, um sie über die Erkenntnisse der ‚SoKo Gabriel' zu unterrichten. Er hatte lange überlegt, ob der Pfingstmontag ein geeigneter Tag sei, um eine solche Nachricht zu überbringen. Zweierlei sprach dafür: Zum einen wusste er nicht, ob er sie unter der Woche antreffen würde, zum anderen eilte die Zeit. Mit Marc, der ihn begleitete, hatte er sich darauf verständigt zu versuchen, dem potenziellen Opfer nahezulegen, vom kommenden Freitag an bis Sonntag an einen nur der Polizei mitzuteilenden Ort zu verreisen. So könnte die Sonderkommission sich stärker auf den anderen ‚Brandherd' - wie sie es nannten - konzentrieren.
Er klingelte an der Tür des zweistöckigen Hauses, die sofort geöffnet wurde. An der Wohnungstür, die von innen mit einer Verriegelung gesichert war, zückten die Kommissare ihre Ausweise und stellten sich vor.
Frau Staudt öffnete. Eine dunkelhaarige Frau von Anfang bis Mitte 40, gepflegt und attraktiv, stand ihnen gegenüber. Sie hatte leicht hervortretende Wangenknochen. In ihrem Haar zeigten sich erste graue Strähnen, die ihr ein interessantes Aussehen verliehen. Ihre fein geschnittene Nase und die kleinen Lachfalten um ihren Mund taten das Übrige. Eine nette Person, dachte Fassbinder beim ersten Anblick und auch Marc empfand es so.
Sie setzten sich. Den angebotenen Tee schlugen sie aus.
„Nein, danke, wir wollen Sie nicht lange aufhalten", entgegnete Fassbinder.
„Und was verschafft mir die Ehre?"

„Wir kommen leider in einer sehr ernsten Angelegenheit", begann Fassbinder. „Sicherlich haben Sie schon Artikel über die Morde der vergangenen Wochen in Wuppertal gelesen ..."
„Nein, aber ich habe davon in den Nachrichten gehört."
„Vielleicht ist Ihnen dann auch zu Ohren gekommen, dass die ermordeten Frauen Teilnehmerinnen an den Speed-Date-Partys in dem Wuppertaler Bistro ‚Vera & Friends' waren?"
„Nein, das ist ja schrecklich! Da bin ich ja auch schon einmal gewesen ...", und plötzlich erkannte sie den Grund für den Besuch der beiden Kommissare. Sie wurde blass. Ihre bis dahin so selbstsichere Art geriet ins Wanken.
„Und jetzt glauben Sie ... jetzt meinen Sie, ich könnte das nächste Opfer sein? Mein Gott, das ist ja furchtbar!" Ihre linke Hand krampfte sich um die Lehne ihres Sessels.
„Beruhigen Sie sich, bitte beruhigen Sie sich. Es ist ja noch nichts passiert. Und deshalb sind wir ja auch hier, damit Ihnen nichts passiert!"
Sabine Staudt saß sichtlich erschreckt in ihrem Sessel. Es dauerte einige Zeit, bis sie ihre Sprache wiederfand. „Wie kann ich Ihnen denn helfen? Wollen Sie wissen, ob ich etwas beobachtet habe?"
„Nein, wir wissen schon, dass die Opfer und Sie nicht dieselbe Veranstaltung besucht haben."
„Und was wollen Sie dann von mir?" fragte sie irritiert.
Fassbinder druckste etwas herum und schaute verlegen drein. Marc ergriff für ihn das Wort.
„Also es ist uns jetzt ein wenig unangenehm. Aber im Zuge der Ermittlungen mussten wir uns auch sämtliche Karteikarten ansehen. Dabei haben wir festgestellt, dass fünf der Teilnehmerinnen, überhaupt kein ‚Ja' angekreuzt

haben bzw. höchstens einmal."
„Ja, ich auch." So allmählich beruhigte Sabine Staudt sich und fand ihre Fassung wieder. „Bei mir war es ganz einfach die Altersstruktur, die nicht so richtig auf mich zugeschnitten war. Nur ein Teilnehmer hatte etwa mein Alter und war auch ganz sympathisch. Ihm habe ich ein ‚Ja' gegeben", sagte sie freimütig, ohne daraus einen Hehl zu machen. „Aber ich verstehe immer noch nicht so ganz ... "
„Unsere Vermutung, dass der Täter psychisch gestört ist, verhärtet sich immer mehr. Drei dieser Frauen mit dem eben erwähnten Verhaltensmuster hat der Täter umgebracht. Wir vermuten bei ihm so eine Art Wahnvorstellung, er müsse dieses Verhalten rächen, verstehen Sie?"
„Nein, immer noch nicht", antwortete sie leise.
„Also gut, was wir meinen, ist, dass wir befürchten, er könnte es auch auf Sie und die andere Frau abgesehen haben."
„Also meinen Sie doch, dass er mich auch ermorden will?"
„Es ist keineswegs gewiss. Aber ein paar Hinweise sprechen schon dafür." Es war Fassbinder anzumerken, wie er versuchte, die Sache nicht zu dramatisieren, aber doch deutlich zu machen, dass Frau Staudt ernsthaft gefährdet war.
„Das ist ja schrecklich. Aber was soll ich denn jetzt machen?"
„Genau darüber wollten wir mit Ihnen sprechen."
„Und was schlagen Sie vor? Polizeischutz rund um die Uhr?"
„Das ist eine Alternative. Es gibt einen ziemlich konkreten Hinweis, dass der Mörder die Tat am kommenden Sams-

tag ausführen will. Das hieße, dass wir rein vorsorglich den Personenschutz zunächst bis einschließlich nächsten Samstag veranlassen würden. Lieber wäre uns aber, wenn Sie von Freitag bis Sonntag an einen Ort führen, den nur wir kennen. Wäre das möglich?"
„Da muss ich mal überlegen", antwortete Sabine Staudt und es war erkennbar, dass sie ernsthaft nachdachte. „Ich könnte zu meiner Schwester nach Oberbörsch im Bergischen fahren. Den Freitag im Büro frei zu nehmen, wäre kein Problem. Mein Abteilungsleiter ist da ziemlich flexibel und fragt auch nicht lang, wieso und weshalb."
„Da würden Sie uns einen großen Gefallen tun!"
„Ich mir selbst ja wohl auch", sagte sie und versuchte dabei zu lächeln trotz der eben vernommenen wenig erfreulichen Neuigkeit.
„Selbstverständlich würden wir Sie mit einer Zivilstreife abholen und zu Ihrer Schwester bringen."
„Das wäre gut, denn mit der Bahn ist es schon ein bisschen kompliziert. Und für den Polizeischutz wäre ich Ihnen auch dankbar", antwortete sie. „Glauben Sie, ihn am Wochenende zu schnappen?" fragte sie unsicher und es war deutlich spürbar, dass ihr die ganze Sache doch sehr nahe ging. „Haben Sie denn schon einen Verdächtigen?"
„Momentan kommen noch einige Personen in Betracht", wich Marc der direkten Frage aus. „Aber gegen Ende der Woche dürften wir mit Sicherheit schon sehr viel schlauer sein!"
„Dann spreche ich mit meiner Schwester, aber das ist reine Formsache. Wann soll ich am Freitag startklar sein?"
„Wann immer Sie wollen. Ist neun Uhr okay?"
„Ja, das passt. Und Sie holen mich auch ganz sicher ab?"
„Sie können sich darauf verlassen. Nur noch eine Bitte.

Sprechen Sie mit niemandem über Ihren geplanten Aufenthaltsort. Wir haben es mit einem ziemlich ausgefuchsten Täter zu tun. Wir wollen ihm keine Chance geben. Also sagen Sie bitte niemandem, wohin Sie fahren."
„Geht in Ordnung. Ich halte mich daran. Und wie kann ich Sie telefonisch erreichen?"
„Unter dieser Nummer", sagte Fassbinder und gab ihr seine Karte. „Sollte ich nicht im Zimmer sein, bitten Sie um Rückruf. Ich werde mich umgehend melden."
„Mach ich. Vielen Dank für Ihre Mühe!"
„Wir haben Ihnen zu danken. Wir schicken Ihnen auch einen unserer sympathischsten Beamten. Junggeselle ist er auch", sagte er lachend und versuchte so, die verängstigte Frau ein wenig aufzumuntern.
„Nett von Ihnen, dass Sie sich so um mich sorgen!"
Sie verabschiedeten sich. Beide Kommissare waren froh, diese Mission erledigt zu haben und auf eine Frau getroffen zu sein, die einverstanden war, mit ihnen zu kooperieren. Die Furcht konnten sie ihr nicht nehmen, wohl aber zeigen, alles für ihre Sicherheit tun zu wollen.

**Polizeipräsidium Wuppertal,
Mittwoch, 3. Juni, 14.00 Uhr**

Die Zeit drängte. Der gestrige Tag war recht erfolgreich gewesen. Nur sieben Teilnehmer der Speed-Date-Partys waren nicht angetroffen worden. Und von denen schieden effektiv vier als potenzielle Täter aus, wie die Nachforschungen ergaben. Einer war vor sechs Wochen Opfer eines tödlichen Verkehrsunfalls geworden. Zwei waren nach Bayern verzogen und hatten jeweils mindestens für einen Tatzeitpunkt ein wasserdichtes Alibi, wie die bayerische Polizei im Rahmen der Amtshilfe durch Zeugenaussagen ermittelte, weil die Männer selbst momentan nicht befragt werden konnten. Der Vierte schließlich befand sich nachweislich seit fünf Wochen auf einer Reise durch die Südinsel Neuseelands.

Die überprüften DNA-Proben - die letzten Ergebnisse lagen erst seit dem Vormittag vor   waren allesamt negativ. Blieben also noch drei Männer.
Zum einen Frank Baumann, ein LKW-Fahrer, der regelmäßig tagelange Fuhren in osteuropäische Länder hatte. Spät am Donnerstagabend wurde er von Warschau zurück erwartet. Aufgrund seines Berufs kam er als Täter kaum in Betracht, hatte aber seltsamerweise für keinen der Tatzeitpunkte ein Alibi. Also konnte auf seine DNA nicht verzichtet werden.
Der Zweite war Helge Hansen, ein Kölner Galerist, dessen überprüfte Alibis zumindest zweifelhaft waren und der sich zurzeit zum Ankauf von Bildern in der Normandie befand. Er würde am Freitagmorgen am Köln-Bonner Flughafen eintreffen.

Der letzte Name auf der Liste war für die ‚SoKo Gabriel' am interessantesten. Es handelte sich um Marcus Zeitz, den Mann, dessen Name ihnen schon einmal in anderem Zusammenhang begegnet war. Sie hatten ihn völlig außer Acht gelassen und sich mit Tunnelblick und angelegten Scheuklappen auf Bruno Lagier gestürzt.
Hätten sie am Ende den letzten Mord gar verhindern können, wenn sie systematisch vorgegangen wären? Diese Frage stand im Raum, nachdem Fassbinder seinen Bericht über die letzten Ermittlungsergebnisse beendet hatte.
„Diesen Schuh muss ich mir anziehen! Das hätte mir bei meiner Erfahrung nicht passieren dürfen."
„Aber es steht doch noch gar nicht fest, dass Zeitz unser Mann ist", warf Cora ein und es klang, als wolle sie Fassbinder, der einen niedergeschlagenen Eindruck machte, trösten.
„Stimmt, aber wir müssen dem mit Hochdruck nachgehen. Wir haben bis zum Wochenende nicht mehr viel Zeit. Wann ist er aus seinem Wanderurlaub aus den Vogesen zurück?"
„Seine Sekretärin meint erst am Wochenende. Am Montag hat er um zehn einen Zahnarzttermin eingetragen", antwortete Phillip, der zusammen mit Cora mit der Sache befasst war.
„Haben wir seine Handy-Nummer?"
„Er ist da wohl sehr eigen. Im Urlaub ist er der totale Handymuffel, wie seine Sekretärin meint."
„Dann müssen wir zwei Mann zur Überwachung der Wohnung abstellen. Denkt dran, Samstag ist der potenzielle Tattag. Kümmerst du dich darum, Phillip?"
„Geht klar Chef."
„Konnte seine Sekretärin denn sagen, wo Zeitz zu den

Tatzeiten war?“
„Nein. Er ist Versicherungsagent und kurvt ziemlich viel in der Gegend rum. Zu allen Zeitpunkten gibt es keine eindeutigen Alibis. In einem Fall ist allerdings ein Kundentermin im Kalender eingetragen. Der Kunde befindet sich aber momentan auf einer Reise durch China und ist nicht erreichbar.“
„Zu blöde. Gut, dann bleibt es bei der Wohnungsüberwachung“, legte Fassbinder fest.
„Zusätzlich habe ich Freitagabend um halb zehn noch einen Termin mit Bernd Herzberger von der Düsseldorfer Speed-Date-Agentur vereinbart. Ich will ihn nochmals zu Zeitz befragen. Vielleicht fällt ihm ja noch etwas ein, was für uns wichtig sein könnte“, ergänzte Phillip.
„Warum nicht früher?“
„Geht leider nicht früher. Auch er ist zurzeit im Urlaub und kommt erst Freitagabend am Düsseldorfer Flughafen an. Ich habe ihm ausrichten lassen, dass ich ihn dringend sprechen müsse. Er hat zugesagt. Wir treffen uns im Flughafen-Restaurant.“
Abschließend ging Fassbinder noch speziell auf Sandra Niemetz ein, die mit größter Wahrscheinlichkeit am kommenden Samstag nach Gabriels Vorstellungen sein nächstes Mordopfer werden sollte. Die Details waren den Leuten der Sonderkommission bereits bekannt. Jetzt ging es nur noch um den Überwachungseinsatz. Lange hatten sie zuvor darüber diskutiert, ob man es riskieren könne, Sandra nicht vorab zu informieren. Es war ein gewagtes Spiel. Aber sie versprachen sich eine größere Erfolgschance, wenn sie die normalen Abläufe nicht beeinflussen würden. Sandra würde wie üblich Samstagmorgen in ihr Friseurgeschäft in die Barmer City fahren. Von sechs Uhr

morgens an sollten die ersten beiden Beamten vor dem Wohnhaus Posten beziehen. Insgesamt waren zwölf Polizisten in Zivil aufgeboten, um während des gesamten Tages eine Rund-um-die-Uhr-Bewachung sicherstellen zu können. Sandras Verhältnis zu Niko Altmann war intensiv beleuchtet worden. Als potenzieller Täter kam er nicht in Betracht, weil auch seine DNA-Probe, die sie von ihm wegen seiner Teilnahme an der Speed-Date-Party routinemäßig ebenfalls genommen hatten, negativ gewesen war. Die Sonderkommission ging davon aus, dass er und Sandra nach Geschäftsschluss den Samstag gemeinsam verbringen würden, da es ihr Geburtstag war. Die Überwachung schien sie vor keine allzu schwierigen Aufgaben zu stellen, ein erneuter Mordanschlag eher unwahrscheinlich. Doch sie sollten sich täuschen.

Horststraße 4, Haan
Freitag, 5. Juni, 8.45 Uhr

Eine Viertelstunde vor der verabredeten Zeit bog Heinz Schmidt in die Horststraße ein. Er parkte seinen silbergrauen Golf direkt vor dem Haus Nr. 4 und klingelte.
Frau Staudt, schon fertig gestiefelt und gespornt, blickte auf die Uhr. Zehn Minuten vor der Zeit, ist des Soldaten Pünktlichkeit, ging ihr ein Spruch durch den Kopf, den ihr Vater - ein Marineoffizier - oft zitiert hatte. Sie öffnete und sah sich einem Mann um die 50 gegenüber, der ihr auf Anhieb gefiel. Er war ungefähr zehn Zentimeter größer als sie, etwa 1,80 Meter, trug einen Oberlippenbart, hatte volles dunkles Haar und ein tiefes Grübchen im Kinn. Gekleidet war er zivil. Zur dunkelbraunen Stoffhose trug er ein braun-weiß gestreiftes Sweatshirt über einem unifarbenen braunen Polohemd.
„Da sind sie ja. Pünktlich wie ein Maurer, Herr ..."
„Schmidt ist mein Name, Heinz Schmidt." Gegen seine sonstige Gewohnheit ließ er den Titel weg. „Maurer sind meist viel später dran. Ich muss mich entschuldigen, dass ich schon so früh hier bin, aber auf der A 46 war ausnahmsweise mal kein Stau und in Haan habe ich die grüne Phase erwischt!"
„Ein gutes Omen! Nehmen wir es als gutes Omen. Und dass Sie zu früh sind, das macht nichts. Ich bin sowieso schon eine ganze Weile marschbereit!" Der Kommissar hatte nicht zu viel versprochen. Ein ausgesprochen netter Mensch, dieser Schmidt, dachte Sabine Staudt und freute sich auf die gemeinsame Fahrt.
Er schnappte sich ihren kleinen schwarzen Koffer und begleitete sie zum Wagen. Galant hielt er ihr die Tür auf und

ließ sie einsteigen. Die Strecke führte zunächst durch den Burgholz-Tunnel, den Sabine Staudt, die keinen eigenen Wagen besaß, überhaupt noch nicht kannte.
„Durch den bin ich noch nie gefahren. Der ist ja wirklich praktisch. Und so schön geschwungen!“ schwärmte sie.
„Ein paar Jahre existiert er aber schon. Ein wahrer Segen. Leider fehlt immer noch die Anbindung an die A 1 und die wird problematisch. Das wird ein ganz schönes Verkehrschaos, wenn die demnächst mit den Bauarbeiten beginnen.“
Über die Blombachtalbrücke fuhren sie zur A 1, die sie an der Abfahrt Burscheid wieder verließen, um ihre Fahrt auf der B 51 fortzusetzen. Obwohl sie sich während der ganzen Zeit angeregt unterhielten, beobachtete er doch sehr genau die Fahrzeuge, die hinter ihm fuhren. Schon seit der Auffahrt auf die A 46 hatte er immer mal wieder einen schwarzen Opel Astra mit verdunkelten Scheiben in seinem Rückspiegel wahrgenommen. Und auch jetzt war dieser Wagen mit ihnen gemeinsam von der Autobahn abgebogen.
„Sie schauen so oft in den Rückspiegel. Folgt uns jemand?“ fragte sie ängstlich.
„Das ist pure Angewohnheit“, log er, um sie nicht zu beunruhigen. Kurz darauf hielt er an einem Kiosk an. Ihm war die Sache suspekt. Mit dem Vorwand, eine Zeitung kaufen zu wollen, stieg er aus und sah in den vorbeifahrenden Astra, dessen Fahrer sich genau in diesem Moment mit dem Kopf nach links drehte. Verdammt, dachte er, das gefällt mir gar nicht.
„Na, keinen Erfolg gehabt?“ fragte sie ihn, als er ohne Zeitung wieder einstieg.
„Nein, ich suche eine Zeitschrift von der letzten Woche“,

schwindelte er. „Aber schon wieder Fehlanzeige."
Nur wenige 100 Meter später bog er links ab. Serpentinen führten hinab nach Altenberg und auf der anderen Seite wieder hinauf auf die Höhe. Kein Wagen folgte ihnen, stellte er beruhigt fest. Über Kürten erreichten sie schließlich Oberbörsch.
„Ohne Navigator hätte ich das nie gefunden", meinte Schmidt, nachdem sie ihr Ziel nach ziemlich genau einer Stunde erreicht hatten. Die letzten Meter dirigierte sie ihn noch, bis sie die Sackgasse ‚Auf der Höhe' erreicht hatten.
„Kommen Sie noch auf einen Kaffee mit rein? Meine Schwester würde sich freuen!"
„Da kann ich nicht widerstehen ... wenn Ihre Schwester genau so sympathisch ist wie Sie!"
„Danke für´s Kompliment. Sie wird Sie nicht enttäuschen!"
Nach gut einer halben Stunde verabschiedete Schmidt sich von den Schwestern. Es war ein gemütlicher Plausch. Zum Schluss bat er beide noch, den Aufenthaltsort gegenüber Dritten nicht zu nennen.
„Da kann man sich bei einem Telefonat mit einer guten alten Freundin mal ganz schnell verplappern", mahnte er. „Aber Sie werden das schon richtig machen. Dann hole ich Sie am Sonntag gegen Mittag wieder ab. Einverstanden?"
„Ja, wie vereinbart so zwischen zwölf und eins."
Auf dem Weg zurück durch diesen kleinen Flecken Oberbörsch mit seinen maximal 60 bis 80 Häusern hielt Schmidt Ausschau, ob irgendwo der schwarze Opel Astra zu sehen sei. Da der Ort oben auf dem Kopf eines kleinen Berges lag, hatte er gute Rund-um-Sicht. Nirgendwo

konnte er den Astra entdecken. Beruhigt fuhr er wieder die schmale Straße hinab durch den Wald und zurück nach Wuppertal.

KTU Wuppertal,
Freitag, 5. Juni, 14.00 Uhr

In der zurückliegenden Woche hatten Herbert Fuchs, eines der ältesten Mitglieder der KTU, und seine Kollegen ganze Arbeit geleistet. Er hoffte darauf, bei den von der Mordkommission für diesen Tag noch angekündigten DNA-Proben endlich fündig zu werden. Denn Joachim Herbst, sein Chef und Leiter der KTU, hatte schon signalisiert, dass sonst möglicherweise auch noch die DNA sämtlicher weiblichen Teilnehmerinnen überprüft werden müssten. Er und seine Kollegen kannten die Fakten und wussten, dass für den Einbruch in das Bistro nur der Serienmörder in Frage kam, der sich selbst den Namen Gabriel zugelegt hatte. Und Gabriel, so hatten sie inzwischen erfahren, war ein biblischer Engel, der in der Kunst des Mittelalters auch häufig als weibliches Wesen dargestellt worden war.
Eine groteske Vorstellung: Eine mit einem Messer mordende Serienkillerin! Aus der Kriminalgeschichte kannte Fuchs etliche Serienmörder. Auch Frauen waren darunter. Jedoch meistens nur Giftmischerinnen. Sollten sie es dieses Mal mit der berühmten Ausnahme zu tun haben, die die Regel bestätigt?
Gerade war von den drei noch ausstehenden DNA-Proben das Material von Frank Baumann und von Helge Hansen eingetroffen. Sofort begann Fuchs mit der Analyse. Enttäuschung machte sich breit. Denn auch dieses Mal war das Ergebnis negativ.

Flughafen Düsseldorf,
Freitag, 5. Juni, 21.00 Uhr

Phillip saß bereits deutlich vor der vereinbarten Zeit im Restaurant des Flughafens. Auf der Fahrt hierher erinnerte er sich noch sehr genau daran, wie er Marcus Zeitz vor etwa zwei Wochen in dessen Versicherungsbüro in der Hauptstraße in Cronenberg aufgesucht hatte. Zu sehr war auch er damals auf Lagier fixiert, so dass er andere Aspekte unberücksichtigt ließ. Routinemäßig erkundigte er sich zwar nach den Alibis von Zeitz, hatte sich aber mit dessen Angaben, die er mit Eintragungen in seinem Kalender belegte, zufrieden gegeben, ohne sie tatsächlich zu überprüfen. Vielleicht hätte er sich dieses bevorstehende Gespräch mit Bernd Herzberger sparen können, wenn er etwas sorgfältiger vorgegangen wäre. Und vielleicht wäre es gar nicht zu dem dritten Mord in Wuppertal gekommen ...

Die für 21.05 Uhr angekündigte Maschine aus Lissabon hatte keine Verspätung und war bereits als ‚gelandet' auf dem Bildschirm angezeigt. Phillip hatte sich in seine Unterlagen vertieft, so dass er gar nicht bemerkte, wie Herzberger plötzlich neben seinem Tisch stand.

„Guten Tag, Herr ... Kohlund war der Name, richtig? Sie waren doch schon einmal vor nicht allzu langer Zeit in meinem Büro?"

„Richtig, Phillip Kohlund von der Mordkommission in Wuppertal. Am 21. Mai hatte ich Sie schon einmal zu den in Wuppertal begangenen Morden befragt."

„Kein erfreuliches Thema, aber ich will Ihnen natürlich gerne weiterhelfen. Meine Sekretärin sagt, die Zeit drängt."

„In der Tat, unsere Fallanalytiker haben auf der Basis ihrer kriminalistischen Erkenntnisse ein Verhaltensmuster erstellt, nach dem der nächste Mord höchstwahrscheinlich von dem als psychopathisch einzustufenden Täter für morgen geplant ist."
Herzberger pfiff leise durch die Zähne. „Dann ist es ja wirklich höchste Eisenbahn und meine Sekretärin hat nicht übertrieben, wie ich zuerst vermutete. Also wie kann ich Ihnen helfen?"
„Wir haben Ihnen vor zwei Wochen diese Mappe vorgelegt, in der sich die Bilder von all den Männern befinden, die sowohl mindestens eine Ihrer Speed-Date-Partys als auch wenigstens eine der Veranstaltungen von Frau Corts in Wuppertal besucht haben. Inzwischen haben wir von allen Teilnehmern in Wuppertal DNA-Proben genommen, weil wir am letzten Tatort Hautpartikel vom Täter gefunden haben. Alle Proben waren negativ beziehungsweise die überprüften Alibis von denen, die wir nicht erreichen konnten, waren hieb- und stichfest."
„Und wie soll ich Ihnen dann noch helfen können?"
„Wir greifen nach jedem Strohhalm. Ich möchte Ihnen noch einmal das Foto von Marcus Zeitz zeigen in der Hoffnung, Ihnen fällt zu seiner Person noch irgendetwas ein, das uns weiterhelfen könnte. Denn er ist der Einzige, den wir noch nicht erreichen konnten und dessen Alibis - sagen wir - mit noch ein paar Fragezeichen versehen sind."
„Dann zeigen Sie mal her!"
Phillip reichte ihm die aufgeschlagene Mappe mit dem gemeinsamen Foto von Lagier und Zeitz.
„Ja, ich erinnere mich gut an ihn. Er machte einen sehr soliden und sympathischen Eindruck. Einer von der Sorte, die ich als Organisator dieser Veranstaltungen gerne sehe,

weil sie das Geschäft beleben."
„Wissen Sie noch, wie oft auf den Karteikarten für ihn ein ‚Ja' angekreuzt wurde?"
„Das weiß ich natürlich normalerweise nicht auswendig, aber bei ihm ist das anders, weil das Ergebnis herausragte. Wenn ich mich nicht irre, haben alle sechs Gesprächspartnerinnen - mindestens aber fünf - zugestimmt, ihre E-Mail-Adressen an ihn weiterzugeben. Ein absoluter Volltreffer!"
„Aus unserer Sicht leider nicht. Dann war unsere Mühe wahrscheinlich umsonst", klang Phillip ziemlich resigniert.
„Zeigen Sie noch mal", meinte Herzberger und griff nach der Mappe, die er bereits wieder Phillip hingeschoben hatte. „Es hat sicherlich nichts zu sagen, aber der Typ da auf dem Foto im Hintergrund - er hielt die Mappe etwas besser zum Licht - erinnert mich stark an einen ehemaligen Angestellten von mir. Wie hieß er doch gleich? Richtig, Carlo Martini, nein warten Sie, Carlo Mancini."
Phillip war wie elektrisiert. „Was sagen Sie da? Sie wollen damit sagen, dass er bei Ihnen in der Agentur gearbeitet hat?"
„Ja, er hat den Veranstaltungsraum hergerichtet, ist mir bei der Auswertung der Karteikarten zur Hand gegangen und hat abends auch gelegentlich - wenn der Barkeeper ausfiel - dessen Job gemacht."
„Das gibt´s doch nicht. Das heißt, er kannte auch die Ergebnisse auf den Karteikarten?"
„Ja, sicher. Und er war in dieser Hinsicht sehr zuverlässig!"
„Sie betonen das so: ‚In dieser Hinsicht'. Was stimmte denn nicht?"

„Er war ziemlich anzüglich und versuchte ein paar Mal, meine Teilnehmerinnen anzugraben, wenn sie abends nach dem eigentlichen Dating noch an der Bar saßen. Als die Beschwerden überhand nahmen, habe ich ihn rausgeschmissen!"
„Und wissen Sie, was er danach gemacht hat?"
„Nein, ich habe ihn aus den Augen verloren!"
„Kennen Sie das Bistro von Vera Corts?" fragte Phillip unvermittelt.
„Nein, ich habe Sie damals nur zwei, dreimal bei mir im Büro getroffen, als ich ihr angeboten hatte, in Wuppertal eine Filiale aufzumachen. Aber sie wollte lieber auf eigenen Füßen stehen."
„Dann wissen Sie also auch nicht, wo dieses Foto gemacht wurde?"
„Nein, ich schätze in irgendeiner Bar, wo er sich inzwischen als Barkeeper verdingt."
„Irgendeine Bar ist gut! Nein, es ist Veras Bistro in Wuppertal, wo er denselben Job wie damals bei Ihnen macht, nur dass er inzwischen die Bar alleine schmeißt!"
„Das gibt´s doch nicht. Und Sie meinen ... und Sie halten es für möglich, dass er hinter allem steckt?"
„Ausgeschlossen ist das nicht. Aber wenn es wirklich so sein sollte, dann waren Ihre Auskünfte heute Abend Gold wert. Tut mir Leid, aber ich muss sofort los und meinen Chef verständigen. Sie wissen ja, die Zeit drängt."
Er verabschiedete sich von Herzberger, der immer noch völlig verdattert wirkte, dankte ihm und zahlte am Tresen die Rechnung. Im Hinauseilen drückte er die Kurzwahltaste und hatte wenige Augenblicke später seinen Chef in der Leitung. Die Uhr zeigte 21.41Uhr.

Lortzingstraße 7,
Freitag, 5. Juni, 21.41 Uhr

Fassbinder war noch nicht lange zuhause, als das Handy klingelte. Ein schwieriger Tag lag vor ihnen und er wollte für morgen noch etwas Kraft sammeln und früh schlafen gehen. Er hoffte Schlaf zu finden, zweifelte jedoch daran.

„Jürgen Fassbinder, was gibt´s?"

„N´Abend, Chef, tut mir Leid, noch so spät zu stören, aber es brennt!"

„Schieß los!"

„Sie wissen doch, ich habe mich eben noch mal mit Herzberger getroffen", begann er einleitend. „Sitzen Sie?"

„Nun mach´s nicht so spannend! Also was ist los?"

„Sein früherer Barkeeper ist ... Carlo Mancini!"

Die Bombe war geplatzt. Fassbinder war - und das geschah selten - sprachlos.

„Die ganze Zeit haben wir uns", fuhr Phillip fort, „voll auf die männlichen Teilnehmer gestürzt. Es ist uns überhaupt nicht in den Sinn gekommen, dass auch jemand anders der Täter sein könnte ..."

„Aber, wie passt das zusammen?" Fassbinder hatte seine Sprache wieder gefunden. „Die Karteikarten wurden doch bei einem Einbruch entwendet. Die hätte Carlo doch einfach mitnehmen und kopieren können!"

„Chef, Sie haben selbst gesagt, wir hätten es mit einem intelligenten Täter zu tun. Dazu gehört auch das Legen falscher Spuren. Gerade weil er uns immer wieder Hinweise gegeben hatte, war es auch logisch, uns auf falsche Fährten zu locken!"

„Da könntest du Recht haben. Wann und wo treffen wir uns?"

„Ich bin noch im Flughafen. Am besten schnappen Sie sich einen von der SoKo und fahren gleich zum Bistro. Wenn ich mich nicht irre, ist heute wieder ein Treffen angesagt!"
„Wirklich? Sind die einfach so zur Tagesordnung übergegangen?" entgegnete er etwas verwundert. „Aber umso besser für uns, dann treffen wir Carlo auf jeden Fall an und können ihn vorläufig festnehmen. Du kannst ja nachkommen. Wenn wir ihn haben, melde ich mich auf jeden Fall bei dir."
„Okay, Chef, viel Glück!"
„Tschüss, Phillip! Guter Job!"
Fassbinder verständigte Marc, dessen Frau natürlich wenig begeistert war, sich aber wie immer verständig zeigte. „Sagen wir 22.15 Uhr auf dem Laurentiusplatz. Schaffst du das?"
„Kein Problem. Bis gleich."

Bistro ‚Vera & Friends',
Freitag, 5. Juni, 22.21 Uhr

Fassbinder und Marc betraten das Bistro durch den Haupteingang, Marc mit entsicherter auf den Boden gerichteter Pistole. An der Bar saßen zwei Männer um die vierzig und eine etwa dreißigjährige blonde Frau, vielleicht auch ein paar Jahre älter. Hinter der Bar war lediglich Vera zu sehen, die gerade drei Longdrinks einschenkte. Sie fuhr mit dem Kopf hoch, als sie die beiden Kommissare sah und sofort bemerkte, dass der Jüngere seine Pistole gezogen hatte. Die Gäste wirkten ebenfalls verschreckt.
„Tut mir Leid", hielt Fassbinder sich nicht lange mit einer Begrüßung auf und kam sofort zum Grund seines Auftritts. „Wir suchen Carlo. Ist er hier?"
„Nein", antwortete Vera. „Er hat sich nicht wohl gefühlt und ist so vor gut einer Stunde gegangen. Er sagte, er wolle nach Hause, er habe sich wohl eine Grippe eingefangen. Soll ich ihn anrufen?"
Vera hatte noch gar nicht begriffen, dass es um Carlo selbst ging. Nach den bisherigen Nachforschungen hinsichtlich ihrer Gäste war sie automatisch davon ausgegangen, dass Carlo zu einem der Kunden befragt werden sollte. Aber warum dann die gezückte Pistole? Und wieso so spät am Abend? - dachte sie, konnte sich aber keinen richtigen Reim auf die ganze Angelegenheit machen.
„Können wir Sie kurz nebenan sprechen?"
„Selbstverständlich. Kommen Sie." Sie ging voraus. Fassbinder erklärte ihr sein eigentliches Anliegen. Vera war entsetzt und konnte nicht glauben, was man Carlo vorwarf. „Bitte sprechen Sie mit niemandem darüber, Frau Corts. Es ist ganz wichtig. Beschwichtigen Sie bitte auch

Ihre Gäste, falls gleich Fragen kommen, wenn wir gegangen sind. Wir halten Sie auf dem Laufenden."
„Ja ... ist gut. Ich bemühe mich."
„Wollen Sie lieber schließen?"
„Nein, das macht die ganze Sache noch verdächtiger. Ich habe mich gleich wieder im Griff", sagte sie und wirkte dabei keineswegs überzeugend. „Ich hoffe nur, dass Sie sich irren!"
„Es tut uns Leid, aber wir müssen los!"

Augustastraße 47,
Freitag, 5. Juni, 22.42 Uhr

Per Funk hatte Fassbinder, der jetzt in Marcs Wagen mitfuhr, zwei Mann seiner Sonderkommission und zusätzlich einen Mannschaftswagen der Bereitschaftspolizei verständigt. Er bat alle, zu einem Einsatz sofort zur Augustastraße 47 in die Elberfelder Südstadt zu kommen. Es gehe um eine Festnahme. Blaulicht und Sirene sollten ausgeschaltet bleiben. Man treffe sich vor Ort, möglichst in spätestens einer Viertelstunde.

Tatsächlich waren gegen elf Uhr alle versammelt. In Parterre brannte noch in beiden Wohnungen Licht. Fassbinder klingelte und erklärte der beim Anblick der zahlreichen Polizisten völlig verdutzten Mieterin den Grund der späten Störung. Sie schien neugierig, folgte aber seiner Bitte, die Tür wieder zu schließen.

Vor Carlos Wohnungstür lauschte Marc ins Innere der Dachgeschosswohnung. Kein Laut war zu hören. Fassbinder wies einen der Polizisten an, die Tür gewaltsam zu öffnen. Mit kräftigem Tritt flog die Tür auf und die mit Schutzwesten bekleideten Polizisten stürmten die Wohnung.

Carlo war nicht da. Dass er seine Chefin angelogen hatte, beunruhigte Fassbinder in höchstem Maße. Was hatte das zu bedeuten? Plante er seinen morgigen Auftritt? Musste er noch Vorkehrungen treffen? Ein Bündel an Fragen schoss ihm durch den Kopf. Marc stand wort- und ratlos neben ihm.

„Was meinst du, Marc? Was hat das zu bedeuten?“

Marc zuckte mit den Schultern. „Ich kann mir nur vorstellen, dass er wegen morgen noch einige Dinge vorbereiten muss. Ich denke, er vermutet, dass wir ihm ein gutes Stück näher gekommen sind. Sein Hinweis mit den 9-Tages-Intervallen war so deutlich, dass er jetzt den Triumph haben will, die Karte vor unseren Augen zu Ende zu lochen. Dafür aber muss er vorsichtig zu Werke gehen. Er bereitet irgendetwas vor, das wir noch nicht ins Kalkül gezogen haben", antwortete er schließlich. „Vielleicht sogar eine Entführung!"

„Ausschließen kann ich das nicht, aber ich glaube nicht dran. Er will bei seinem Muster bleiben! Jetzt Mutmaßungen anzustellen, ist aber sinnlos. Das Einzige, was wir momentan tun können, ist, uns um Sandra Niemetz zu kümmern. Vielleicht sollten wir mit dem Personenschutz schon in der Nacht beginnen".

Marc war wenig begeistert. „Und wer fängt an?"

„Wenn du nichts dagegen hast, wir beide."

„Zähneknirschend ja. Ich rufe nur kurz zu Hause an, damit Esther Bescheid weiß."

„Mach das und dann lass uns nach Barmen fahren. Ich sag inzwischen den Anderen Bescheid."

Fassbinder blies die Aktion ab. Seine beiden Leute von der Sonderkommission bat er, ihn und Marc um vier Uhr in der Früh vor dem Haus in der Emilienstraße 31 abzulösen.

Emilienstraße 31,
Freitag, 5. Juni, 23.25 Uhr

Auf ihrer Fahrt von Elberfeld nach Barmen sprachen Fassbinder und Marc darüber, wie geschickt Carlo Mancini sie auf die falsche Fährte gelockt hatte.

„Äußerst raffiniert", sagte Marc, „war der fingierte Einbruch in das Bistro."

„Da siehst du, dass wir es mit einem ganz cleveren Typen zu tun haben", bestätigte Fassbinder ihn in seiner Meinung. „Natürlich mussten wir aufgrund des Einbruchs davon ausgehen, dass nur einer der männlichen Teilnehmer als Täter in Frage kam."

„Er hat die Rute ausgelegt und wir sind ihm voll auf den Leim gegangen. So haben wir natürlich auch seine Fingerabdrücke in Veras Büro als ganz selbstverständlich hingenommen. Nicht als die des Einbrechers, sondern als die einer Person, die sich dort ständig aufhält."

„Richtig. Und seine ständige Anwesenheit im Bistro ist auch die Erklärung dafür, warum wir an den Wohnungstüren der Opfer keine Einbruchspuren gefunden haben ... „

„Das verstehe ich jetzt nicht", unterbrach Marc seinen Chef. „Wie meinen Sie das?"

„Wir haben doch die ganze Zeit über vermutet, dass der Täter sich irgendwie Nachschlüssel besorgt haben muss und so in die Wohnungen eingedrungen ist."

„Stimmt!"

„Und da waren wir eben auf dem Holzweg. Carlo Mancini kannte alle Teilnehmerinnen und war ihnen natürlich als Veras freundlicher Barkeeper im Gedächtnis haften geblieben. Er war ihnen vertraut. Und deshalb waren sie ihm gegenüber nicht argwöhnisch. Wahrscheinlich hat er

seine Opfer vor deren Wohnungen abgepasst und es war für ihn ein Leichtes, sie zu einem Kaffee einzuladen."
„Ja, aber wenn er sie doch eingeladen hat, dann doch nicht in deren Wohnungen?!"
„Mensch, Marc, überleg doch mal. Du bist doch sonst nicht auf den Kopf gefallen! Ganz zufällig traf man sich vor dem Haus, wo das Opfer wohnte und da ... „
„Jetzt habe ich kapiert. Da kam dann der ‚Den-Kaffee-können-wir-doch-auch-bei-mir-trinken-Hinweis' und schon war er in der Wohnung des jeweiligen Opfers. Ganz schön ausgebufft. Aber so wird´s gewesen sein!"

Inzwischen waren sie in die Emilienstraße eingebogen. Gerade hatten sie ihre Position vor dem Schulgebäude - schräg gegenüber dem Hauseingang von Sandras Wohnung - bezogen, als sie mit ihrem Tigra um die Ecke bog, ihren Wagen wendete und direkt vor dem Haus anhielt.
Niko Altmann und sie stiegen aus und gingen zum Hauseingang. „Das scheint ja eine ruhige Nacht zu werden", sagte Fassbinder.
„Glaube ich eher nicht, wie ich die Beiden einschätze", meinte Marc grinsend. „Mit ihm würde ich jetzt liebend gerne tauschen!"
„Erinnerung an alte Zeiten? Lass das nicht Esther hören. Aber im Ernst, ich meine natürlich unsere Nachtwache!"
„War mir schon klar!"
Sie flachsten noch ein wenig hin und her, als Marc seinen Chef anstieß. „Von wegen! Das verstehe ich jetzt aber nicht", meinte er und deutete auf Niko, der die Straße bergab in Richtung Barmer Bahnhof ging, nachdem er sich an der Haustür von Sandra verabschiedet hatte.
„Wahrscheinlich holen sie morgen an ihrem Geburtstag

alles nach. Vergiss nicht, samstags hat sie immer einen ziemlich strammen Arbeitstag vor sich.“

„So wird´s sein.“

Sie schauten noch nach oben und waren beruhigt, als kurz danach das Licht anging.

Emilienstraße 31,
Freitag, 5. Juni, 23.30 Uhr

Schon seit mehr als einer Stunde saß er auf den unteren Stufen der Kellertreppe. Er fror. Von den frühlingshaften Temperaturen des Tages hatte er sich täuschen lassen. Nur mit einem dünnen Pulli und einer leichten Sommerhose bekleidet war er viel zu dünn angezogen. Das Warten verstärkte sein Empfinden und er nahm die Kälte stärker wahr. Zum Schutz hatte er sich schon ein paar Zeitungen, die er im Kellervorraum fand, auf die Stufen gelegt und sich darauf gesetzt.

Das Taxi hatte ihn zum Barmer Bahnhof gebracht, von wo aus er die kurze Strecke bis zum Haus in der Emilienstraße zu Fuß gegangen war. Vorsicht hatte ihn bewogen, sich nicht bis ganz zu seinem Ziel bringen zu lassen. Aus demselben Grund war er in Elberfeld auch bis zur Kasinostraße gelaufen und hatte erst dort ein Taxi zu sich herangewunken.

Vor dem Haus angekommen, hatte er sich vergewissert, dass in der Wohnung noch kein Licht brannte. Auch sein Klingeln blieb ohne Reaktion. Er hatte auch nicht erwartet, dass sie schon zu Hause sein würde.

Tief in Gedanken versunken saß er auf der Treppe. Er dachte zurück an die Begegnungen, die schon hinter ihm lagen. An die Zwiegespräche, die er mit den Sünderinnen geführt hatte. Wie klein und erbärmlich sie doch allesamt waren. Nichts war geblieben von ihrem Stolz. Um Gnade hatten sie gewinselt. Um Gnade! Ja, Gnade konnte er ihnen im Auftrag des Herrn zuteil werden lassen. Er hatte sie gereinigt von ihrer Schuld. Durch ihn hatten sie ihre Unschuld wiedererlangt. Sein Schwert - wieder strich er

wie so oft vorsichtig über die Klinge seines Faustmessers, das in seinem Schoß lag - hatte sie erlöst. Der Tod hatte ihnen den Frieden geschenkt.
Er schreckte hoch. Doch die einzigen Geräusche, die an sein Ohr drangen, waren die vorbeifahrender Autos.
Wo bleibt sie nur? Was wäre, wenn sie nicht käme? Wenn sie die Nacht bei ihm verbrächte? Müsste er seinen Plan dann ändern? Würde das nicht ein großes Risiko bedeuten? Er war sich sicher, dass die Polizei inzwischen seine Hinweise verstanden hatte. Aber dann müsste sie auch davon ausgehen, dass er seine nächste Mission wie üblich erst mittags vollenden würde. Bis dahin blieb ihm also noch Zeit.
Dennoch beschlich ihn Furcht. Wie so häufig, wenn er nicht weiter wusste, suchte er Hilfe im stummen Gebet.
Oh, Herr, gib mir ein Zeichen. Hilf mir, dir gerecht zu werden! Hilf mir, deinen Befehl auszuführen. Zeige mir den Pfad, den ich gehen muss. Ich bin mit Blindheit geschlagen, doch du wirst mir die Augen öffnen, wie du es immer getan hast, wenn ich verblendet war.
Wieder schreckte er hoch. Hatte der Herr ihn erhört? War das das Zeichen, das er ihm schickte? Kaum wagte er zu atmen. Deutlich drangen Geräusche vom Treppenhaus zu ihm herab. Er hörte das Zuschlagen der Tür. Das Klacken der Absätze einer Frau auf den Stufen. Das leise Aneinanderschlagen von Schlüsseln. Das Öffnen einer Tür, die kurz darauf ins Schloss fiel.
Vorsichtig erhob er sich. Die Zeitungen packte er wieder auf den Stapel und schlich durchs Treppenhaus nach oben in den dritten Stock.

Emilienstraße 31,
Freitag, 5. Juni, 23.40 Uhr

Sandra war ein wenig bedrückt, denn Niko hatte mit ihr in den Geburtstag hineinfeiern wollen. Doch sie bat ihn, sich ein Taxi zu nehmen und nach Hause zu fahren. Sie sei schrecklich müde und müsse morgen in aller Herrgottsfrühe aufstehen, weil sie mehr Termine als üblich vereinbart habe. Er war ein wenig traurig und es tat ihr weh, ihn so zu sehen. Aber sie blieb standhaft.

Doch nur drei Minuten, nachdem sie sich unten verabschiedet hatten, klingelte es. Sandra setzte Cäsar, der sie freudig begrüßt und seine Streicheleinheiten erfolgreich eingefordert hatte, rasch in sein Körbchen. Irgendwie war sie froh, dass Niko sich offensichtlich über ihre Bitte hinwegsetzen wollte. Wenn man liebt, verzeiht man alles, dachte sie - aufflammenden Ärger unterdrückend - als sie den Summer betätigte und gleichzeitig ihre Wohnungstür öffnete.

Carlo stürzte sich aus der Dunkelheit des Hausflurs auf sie und hielt ihr den Mund zu. Sie war starr vor Schreck und gar nicht in der Lage zu schreien. Nur Cäsar machte einen Buckel und fauchte den ungebetenen Gast böse an. Doch unbeeindruckt schob Carlo Sandra vor sich her in die zur Straßenseite gelegene Küche, klebte ihr ein Stück Tesa-Pack auf den Mund, fesselte sie an Händen und Füßen und drückte sie auf einen Küchenstuhl am Esstisch.

„Kennst du mich noch? Erinnerst du dich an mich?"

Sandra nickte und versuchte, seinen Namen zu nennen. Aber das misslang. Außer ein paar undefinierbaren Tönen war nichts zu hören.

„Für deinen Geburtstag müssen wir uns etwas anderes

überlegen“, fuhr er fort. „Das ist unwürdig, so sein neues Lebensjahr zu beginnen. Wenn du mir versprichst, brav zu sein und nicht zu schreien, dann entferne ich das Klebeband. Versprichst du mir, nicht zu schreien? Sonst muss ich dir sehr weh tun.“ Wie zur Bestätigung seiner Drohung legte er das Faustmesser seitlich vor sich auf den Tisch, an den er sich inzwischen auch gesetzt hatte.

Sie nickte heftig mit dem Kopf, was er als ihr Einverständnis wertete. Er stand auf und entfernte ganz vorsichtig das Klebeband. Seine Umsicht, die er dabei an den Tag legte, stand ganz im Gegensatz zu seinem rücksichtslosen Vorgehen an der Tür.

„Weißt du, wann wir uns das erste Mal gesehen haben?“

Sandra versuchte sich zu beruhigen und vor allem nicht zu weinen. Sie hatte darüber gelesen, dass man Psychopathen gegenüber keine Schwäche zeigen dürfe und sicher auftreten müsse. Es sei nicht immer der richtige Weg. Aber in den meisten Fällen. Also wollte sie Stärke zeigen.

„Ja, in Veras Bistro. Du hast Niko und mir noch einen Drink gemacht, bevor wir zusammen das Bistro verlassen haben.“

„Richtig, das ist ja der Typ, dem du als Einzigem ein ‚Ja‘ auf deiner Karte gegeben hast.“

„Woher weißt du das? Das sind doch Daten, die nur Vera zu Gesicht bekommt. Zumindest hat sie das versichert.“

„Nun, die Auswertung überlässt sie meistens mir“, log er. „Deshalb bin ich natürlich auch über alles bestens informiert.“

„Verstehe, Carlo!“

„Nenne mich nicht so. Sonst muss ich böse werden. Mein Name ist Gabriel, verstehst du, Gabriel!“ fuhr er sie an, was Sandra überrascht zur Kenntnis nahm. Sie merkte,

dass er aus dem Gleichgewicht zu bringen war und das gab ihr Hoffnung. Aber zugleich musste sie sich auch eingestehen, was sie bis eben nicht hatte wahrhaben wollen, obwohl alle Indizien dafür sprachen. Mit der Nennung seines Namens, den er sich selbst gegeben hatte, war es Gewissheit. Sie musste der Wahrheit ins Auge blicken: Ihr gegenüber saß Gabriel, das Monster, das drei Frauen auf dem Gewissen hatte. Sie musste Zeit gewinnen und ihn besänftigen. Vielleicht geschah noch ein Wunder. Zeit gewinnen, war ihr einziger Gedanke.
„Kannst du aus dem Kühlschrank die Flasche Wasser nehmen und mir ein Glas einschenken? Nimmst du auch eins?"
Wortlos ging er an den Kühlschrank, nahm zwei Gläser aus dem Regal und füllte sie mit Wasser. Er stellte das Glas so vor sie hin, dass sie es mit ihren beiden zusammengebundenen Händen zum Mund führen konnte. Vorsichtshalber legte er das Faustmesser hinter sich auf die Arbeitsplatte.
„Hier, trink. Dann können wir auch besser miteinander reden!" Er schaute auf die Küchenuhr über der Tür, deren großer Zeiger gerade in diesem Moment auf zwölf sprang.
„Na, dann herzlichen Glückwunsch zu deinem 32. Geburtstag! Auf ein langes Leben mit dir anzustoßen, wäre unpassend, ja vielleicht sogar ein bisschen zynisch", kicherte er.
Sandra merkte, wie die Tränen in ihr hochstiegen und deutlich wahrnehmbare Angst sie erneut beschlich. Du musst stark bleiben, zeige keine Schwäche, dachte sie. Laut, fast ein wenig zu laut, sagte sie: „Und auf was stoßen wir dann an?"

„Ja, auf was stoßen wir an? Wir könnten doch darauf anstoßen, dass unser kleines Spiel, das ich gleich mit dir spielen will, uns beiden Spaß macht." Für Sandra klang das so, als wollte er sie zwingen, sich ihm hinzugeben. Aber das passte überhaupt nicht zu dem, was in den Zeitungen über die vorangegangenen Taten zu lesen war. Seine Opfer hatte er nie vergewaltigt.

„Wie meinst du das?"

„Wir machen jetzt unser ganz privates Speed-Dating. Nur wir beide. Ganz allein. Neun Minuten werden wir für unser Gespräch Zeit haben. Die Zeit läuft ... ab jetzt." Noch wirkte er ruhig und gefasst. Seine Stimme hatte fast die eines Moderators, der seinen Teilnehmern die Spielregeln erklärt. Er nahm sein Handy und stellte die Weckzeit auf 0.13 Uhr, denn augenblicklich war es vier Minuten nach Mitternacht.

„In unserem Gespräch geht es um Aufrichtigkeit und Wahrheit. Alles was du mir sagen wirst, muss wahr sein!" Er sagte das mit einem bedrohlichen Unterton in seiner Stimme, was Sandra nicht verborgen blieb.

„Und warum sollte ich dir die Wahrheit sagen?" entgegnete sie - ihren ganzen Mut zusammennehmend - so forsch wie ihr es in der augenblicklichen Situation nur möglich war. Denn sie wollte ihre einmal eingeschlagene Taktik nicht ändern, obwohl ihr zum Heulen zumute war. Hätte ich doch bloß nicht Niko weggeschickt, dachte sie.

„Damit dir deine Sünde vergeben wird", riss seine Antwort sie aus ihren Gedanken.

„Welche Sünde?" Zeit gewinnen, war ihr einziges Ziel. Vielleicht überlegt Niko es sich noch und kommt zurück. Bitte, Niko, sei mir nicht böse. Eigentlich wollte ich doch, dass du bleibst. Komm zurück, bitte, komm zurück! Sol-

che und ähnliche Gedanken schossen ihr durch den Kopf, während sie versuchte, ihn hinzuhalten und ihr gleichzeitig die Bedrohung durch ihn immer bewusster wurde.
„Deine Sünden heißen ... Hochmut ... Stolz ... Arroganz!“ Zwischen den Wörtern, die er drohend hervorstieß, ließ er immer eine kleine Pause. Sie wirkten auf Sandra wie Peitschenhiebe.
„Wieso willst du das wissen? Du kennst mich doch gar nicht? Wie kannst du dich dann zum Richter aufschwingen?“ unternahm Sandra einen weiteren Versuch, ihn zu provozieren. Aber die scheinbare Selbstsicherheit, mit der sie ihn anfangs noch zu beeindrucken versuchte, war längst gewichen. Deutlich war ihr anzumerken, dass Angst und Furcht sich ihrer bemächtigt hatten.
„Du irrst dich. Ich kenne dich gut“, erwiderte Gabriel unbeeindruckt. Offensichtlich hatte ihn ihre provozierende Antwort nicht zu irritieren vermocht.
„So? Und woher? Von den wenigen Minuten an der Bar?“ Immer wieder versuchte Sandra, das Gespräch in Gang zu halten. Nur nicht schweigen. Reden!
„Nein, ich weiß eine ganze Menge über dich. Nicht nur, dass du nur Niko ein ‚Ja‘ gegeben hast“, wiederholte er, was er ihr vor wenigen Minuten schon einmal offenbart hatte.
„Ach, und auf ihn bist du jetzt eifersüchtig?“
„Nein, aber du hast die Anderen verletzt. Du hast ihnen jegliche Hoffnung genommen. So hast du dich versündigt. Und das muss gesühnt werden! Dazu habe ich den göttlichen Auftrag!“
Immer bedrohlicher wurde seine Stimme. Je länger das Gespräch dauerte, desto stärker veränderte sich auch seine Mimik. Mehr und mehr wirkte er, als sei er gar nicht

mehr er selbst. Nichts mehr erinnerte an den freundlichen Carlo. Vor ihren Augen mutierte er auch äußerlich zum Racheengel.

Sandra schaute ängstlich auf die Küchenuhr, die inzwischen acht Minuten nach Mitternacht zeigte. Sie war verzweifelt. Noch fünf Minuten blieben ihr, bis das Klingelzeichen seines Handys ertönen würde. Vielleicht das Signal, sie zu töten ...

Emilienstraße 31,
Samstag, 6. Juni, 0.08 Uhr

Marc sah zum immer noch erleuchteten Fenster von Sandras Wohnung hoch. „Da stimmt was nicht!“ stieß er seinen Chef an, der es sich gerade - soweit ihm das auf dem Vordersitz hinter dem Lenkrad möglich war - bequem gemacht hatte.
„Was ist los?“ antwortete der etwas unwirsch.
„Da stimmt was nicht! Erst schickt sie ihn nach Hause, weil sie morgen einen anstrengenden Tag hat, und dann findet sie nicht ins Bett. Seit fast einer halben Stunde brennt da oben Licht!“
„Komm lass uns nachsehen“, war die brummige Antwort Fassbinders, während sie ausstiegen und auf das Haus zugingen. „Und wie kommen wir da jetzt rein? Wenn da wirklich was nicht stimmt, wäre es kein guter Einfall zu klingeln.“ Automatisch packte er den Türgriff und rüttelte vorsichtig an der Tür. Aber es bedurfte gar keiner Kraftanstrengung, denn die Zunge vom Schloss klemmte. „Komischer Zufall! Vielleicht manipuliert?“ meinte er an Marc gewandt und war im selben Moment hellwach. „Ach, du liebe Güte! Komm schnell!“
Sie hasteten so leise es ging die Treppenstufen hinauf. Vor der Wohnungstür blieben sie stehen und horchten. Nicht sehr laut, aber doch wahrnehmbar, waren die Stimmen einer Frau und eines Mannes zu hören. Sprachfetzen drangen an ihre Ohren, wenn seine - deutlich kräftigere - Stimme zu hören war.
„... ist abgelaufen ... hast nicht die Wahrheit ... Sünde muss gesühnt ... „. Wie zur Bestätigung, dass ihre Vermutung richtig war, hörten sie dann laut und deutlich die Worte:

„... muss Gabriel seine Mission ...“

Mit ohrenbetäubendem Krachen brach das Türschloss aus seiner hölzernen Verankerung und die Tür flog auf. Ein einziger kräftiger Tritt von Marc hatte genügt. Mit lautem Schrei stürzte er sich durch die geöffnete Küchentür auf Carlo, der völlig verdattert war. Er riss ihn zu Boden, während Fassbinder sich im Türrahmen der Küche mit gezogener Waffe postierte.

Für Sandra war es zuviel. Sie brach zusammen und verfiel in einen nicht endenwollenden Weinkrampf. Fassbinder legte seinen Arm um sie, redete ihr gut zu und alarmierte zugleich per Handy den Notarztwagen. „Es ist vorbei. Alles wird gut. Der Arzt ist gleich da. Und Ihren Freund werden wir auch sofort verständigen!“

Er redete alles Mögliche, um sie abzulenken. Aber die Tränen strömten ihr unaufhörlich über die Wangen. Er nahm ihr die Fesseln ab und trug sie behutsam auf ihr Bett. So ganz allmählich beruhigte sie sich und das Schluchzen wurde weniger. Schon einige Minuten später war der Notarzt da, gab ihr eine Beruhigungsspritze und wies die Sanitäter an, sie zur Beobachtung in die Helios-Kliniken zu fahren.

Marc hatte Carlo Handschellen angelegt. Er durchsuchte ihn nach Waffen. Aber außer seinem Faustmesser, das auf der Arbeitsplatte lag, hatte er keine weiteren Waffen bei sich.

Vor dem Haus drängten sich etliche Schaulustige. Auch die ersten Reporter waren eingetroffen und Fassbinder fragte sich wie so oft, ob da wohl wieder unbefugt der Polizeifunk abgehört worden war. Wie ein Lauffeuer hatte sich die Neuigkeit verbreitet. Als Fassbinder und Marc mit Carlo im Schlepptau aus dem Haus traten, brandete Jubel auf. Einige klatschten. Carlo wurde in eines der Polizeifahrzeuge verfrachtet, die inzwischen eingetroffen waren. Auch Phillip war - von seinem Chef unterrichtet - zum Tatort geeilt, um diesen Moment, den sie alle so sehr herbeigesehnt hatten, mit zu erleben. Fassbinder haute ihm kräftig auf die Schulter, was das höchste Lob bedeutete, zu dem er fähig war. „Danke, Phillip, danke an euch alle!" Und dann landete seine Pranke auch auf der Schulter von Marc. Er drückte ihm still die Hand, stieg in sein Auto und fuhr weg.

Untersuchungsgefängnis,
Samstag, 6. Juni, 1.40 Uhr

Carlo legte sich in seiner Zelle, in die man ihn nach seiner Festnahme gebracht hatte, auf die Pritsche. Er wollte über alles nachdenken, was in der letzten Nacht geschehen war. Er wollte begreifen, warum sein Herr ihn nicht hat vollenden lassen, was er ihm aufgetragen hatte.
Doch die Müdigkeit übermannte ihn. Er nickte ein. Sein Schlaf war jedoch nur von kurzer Dauer. Ein lautes Lachen drang in seinen Kopf und biss sich fest. Ein lautes gellendes Lachen. Er sah Maria vor sich und hörte ihr Lachen, das nicht enden wollte. Er fuhr hoch. Mit seinen Händen hielt er sich die Ohren zu. Aber das Lachen hämmerte in seinem Kopf und wollte nicht weichen. Er wusste, dass sich nun wieder die Bilder von Marias Todeskampf seiner bemächtigen würde. Er wollte sie verdrängen, doch er konnte sich der Bilder nicht erwehren. Das war Teil seiner Buße, die ihn durch sein ganzes Leben schon begleitet hatte. Also ergab er sich voller Demut in sein Schicksal. Er legte sich auf den Rücken, schloss die Augen und hoffte, dass das schrecklichste Erlebnis seiner Jugend möglichst schnell an ihm vorüberzöge.

Mit aller Kraft presste er Maria seine Hände auf Mund und Nase. Sie rang nach Luft, stierte ihn mit weit aufgerissenen Augen an, strampelte mit den Beinen wild in der Luft herum, packte gleichzeitig seine Handgelenke und versuchte seine Hände wegzureißen. Doch unerbittlich drückte er nur noch fester zu. In einem letzten Aufbäumen kratzte sie ihn an seinen Oberarmen und versuchte, ihm ihre Finger in die Augen zu stechen. Doch dann erlahmte ihre Kraft. Ein Zucken durchlief ihren Körper, als ob die Seele entflohen sei. Stille herrschte. Er ließ von ihr ab, sah in ihr vom Todeskampf gezeichnetes, angstverzerrtes Gesicht und schien nicht zu begreifen, was geschehen war. Mit einem herzzerreißenden Schrei packte er ihre Schultern und schüttelte sie, als ob er sie aus tiefem Schlaf erwecken könne.

Wie von hohem Fieber gepackt vibrierte Carlos Körper. Er richtete seinen Oberkörper auf und umklammerte im Sitzen seine Knie, als suche er festen Halt. Die ruckartigen Bewegungen hörten auf. Langsam kam er wieder zu sich. Er sammelte sich, rieb seine Augen, als wolle er einen bösen Traum wegwischen, setzte sich auf die Kante der Pritsche, faltete die Hände und betete inbrünstig. „Warum, oh Herr, zürnst du mir immer noch? Was habe ich getan, das deinen Zorn erregte? War ich dir nicht immer ein getreuer Diener? Habe ich nicht getan, wie du mir befohlen hast, den Kreuzzug der Gerechtigkeit für dich geführt? Gott mein Held, warum hast du mich verlassen?“
Carlo war verzweifelt. Er rutschte vom Rand der Pritsche auf den harten Zellenboden, senkte sein Haupt, stützte seine Ellbogen auf seine Schenkel, faltete seine Hände und fuhr - jetzt laut und flehendlich - fort in seinem Gebet. „Warum, oh Herr, hast du mich verlassen? Heute Nacht wollte ich vollenden, was du mir aufgetragen! Warum hast du mich nicht tun lassen, wie du mir geheißen? Wie konntest du mich nur verraten?“ Wie von einer unsichtbaren Macht gepackt schlug sein Kopf hart nach vorn auf die Pritsche. Einmal, zweimal, dreimal. Ein lauter Schrei folgte. „Verzeih mir, oh Herr, verzeih mir, es steht mir nicht zu, an dir und deinen Taten Kritik zu üben! Du wirst

deine Gründe gehabt haben, mich auszuliefern! Verzeih mir! Ich werde auf immer dein getreuer Diener bleiben! Verzeih mir, dass ich an dir gezweifelt habe!“

Durch den schrillen Schrei alarmiert war draußen Karl Andres, der während der Nacht Wache hatte, an die Tür geeilt. Er schaute durch das Guckloch. Was er sah, beruhigte ihn. Denn der Untersuchungsgefangene kniete vor der Pritsche und betete.

„Herr, Gott, mein Heiland, ich schreie Tag und Nacht vor dir. Lass mein Gebet vor dich kommen; neige deine Ohren zu meinem Geschrei. Denn meine Seele ist voll des Jammers, und mein Leben ist nahe am Tode. Ich bin geachtet gleich denen, die in die Hölle fahren; ich bin wie ein Mann, der keine Hilfe hat. Ich liege unter den Toten verlassen wie die Erschlagenen, die im Grabe liegen, deren du nicht mehr gedenkest und die von deiner Hand abgesondert sind. Du hast mich in die Grube hinuntergelegt, in die Finsternis und in die Tiefe. Dein Grimm drücket mich; du drängest mich mit allen deinen Fluten. Meine Freunde hast du ferne von mir getan; du hast mich ihnen zum Gräuel gemacht. Ich liege gefangen und kann nicht auskommen. Meine Gestalt ist jämmerlich vor Elend. Herr, ich rufe dich an täglich; ich breite meine Hände aus zu dir. Wirst du denn unter den Toten Wunder tun, oder werden die Verstorbenen aufstehen und dir danken?“

Als Carlo den Psalm zu Ende gebetet hatte, sackte er in sich zusammen. Er verfiel wieder in diesen Zustand seltsamer Apathie, wie ihm das in den letzten Tagen so häufig widerfahren war.

Auch in dem Augenblick, als Fassbinder und Marc in die Wohnung eingedrungen waren, hatte Carlo diesen völlig

geistesabwesenden Eindruck gemacht. Ohne jegliche Gegenwehr hatte er sich festnehmen lassen. Er wirkte, als ginge ihn das alles nichts an. Der Arzt hatte ihn kurz begutachtet und gemeint, er könne eine Suizidgefahr nicht ausschließen. Entsprechend waren die Vollzugsbeamten im Untersuchungsgefängnis instruiert worden.
Das fehlte mir noch, dachte Karl Andres und machte sich sichtlich erleichtert wieder auf den Weg zurück zum Aufenthaltsraum, wo eine heiße Tasse Kaffee auf ihn wartete.

Carlo erwachte wie aus tiefer Ohnmacht. Orientierungslos schaute er sich um, als nähme er seine Umgebung zum ersten Male wahr. Er stemmte sich hoch und setzte sich auf die Kante der Pritsche. Einen Moment schien er zu überlegen, was zu tun sei. Er blickte zu dem vergitterten Fenster. Dann schüttelte er mehrmals bedächtig den Kopf, legte sich auf die Pritsche und drehte sich zur Wand. Er zog die Beine an und nahm seine Arme vor die Brust. So lag er wie ein Embryo im Mutterleib, geschützt, abgeschirmt von der Außenwelt.

Helios-Kliniken Wuppertal,
Samstag, 6. Juni, 10.10 Uhr

Noch in der Nacht hatte Fassbinder Niko angerufen und ihm berichtet, was geschehen war. Nur mit viel Überredungskunst hatte er ihn davon abhalten können, sofort ins Krankenhaus zu fahren. Erst nachdem er ihm versichert hatte, dass es Sandra gut gehe und nichts ihr besser täte, als sich auszuschlafen, willigte Niko ein, sich wenigstens bis vormittags zu gedulden.

Jetzt saß er schon über eine Stunde an ihrem Bett. Noch immer schlief sie. Er sah sie an, wie man einem kleinen Mädchen beim Schlafen zusieht. Wie unschuldig sie aussieht, und wie schön sie ist, dachte er. Er wagte nicht, sie zu wecken. Dann endlich schlug sie die Augen auf, die sich bei seinem Anblick mit Tränen füllten. Tränen der Freude.

Niko hatte eine winzige rote Rose in der Hand, mit deren Blüte er ihr über die Wange strich. Dann beugte er sich über sie und küsste ganz sanft ihre Lippen, als seien sie aus filigranem Porzellan.

„Ich liebe dich", flüsterte sie und er legte ihr seinen Zeigefinger auf die Lippen, wie sie es bei ihm getan hatte, nachdem sie sich das erste Mal in ihrer Wohnung geküsst hatten. „Herzlichen Glückwunsch zum Geburtstag", sagte er und gab ihr die Rose. „Das war das erste und letzte Mal, dass wir nicht in deinen Geburtstag rein gefeiert haben. Das letzte Mal, dass ich mich von dir habe wegschicken lassen."

„Ja, mein Liebster, ich werde dich nie mehr wegschicken!"

„Versprochen?"

„Ja, versprochen!"

Der Roman hat regionalen Bezug. Er spielt in Wuppertal im Zeitraum von Mai bis Juni 2009. Die lokalen Gegebenheiten und historischen Ereignisse wurden bewusst nicht verfremdet, um dem Roman einen wirklichkeitsnahen Bezug zu geben.
Ähnlichkeiten oder Übereinstimmungen der im Roman erwähnten Personen mit tatsächlich lebenden Personen sind allerdings rein zufällig.

Bergische Krimis

240 Seiten, Broschur
ISBN 978-3-89796-216-3
Preis: 9,90 Euro

Der geschmackvolle Tod

Die Forderung der Erpresser ist eindeutig: Entweder die Drogenkuriere, die in der JVA Remscheid einsitzen, werden freigelassen und obendrein mit acht Millionen Euro ausgestattet. Oder die Große Dhünn-Talsperre wird mit Zyankali verseucht. Die Auswirkungen auf die Region wären verheerend. Hat die Mafia ihre Finger im Spiel? Gibt es einen Maulwurf in den Reihen der Polizei? Deborah Goldmann soll als Undercover-Agentin Licht in die düstere Angelegenheit bringen. Sie ahnt nicht, welchen Gefahren sie sich aussetzt ... Ein augenzwinkernder wie spannender Krimi aus dem Bergischen Land. Dort wird nicht nur köstlich gespeist. Sondern auch geschmackvoll gestorben.

Spannung ab der ersten Seite…

240 Seiten, Broschur
ISBN 978-3-89796-213-2
Preis: 9,90 Euro

Mordsjahr

12 Orte. 12 Monate. 12 Geschichten. Im Bergischen.

Will die nette Frau aus Remscheid wirklich online einen Killer buchen?
Warum lockt ein zerzauster Hund eine Joggerin ans Ufer der Solinger Sengbachtalsperre?
Welches Geheimnis verbirgt die alte Wuppertalerin in ihrer Garage?

Spannende Fragen, spannende Krimis!

12 Autoren nehmen Sie mit auf eine mörderische Reise durch das Jahr.

Spannung mit Lokalkolorit...

307 Seiten, Broschur
ISBN 978-3-940491-09-1
Preis: 9,80 Euro

Bittere Pille

Ein Patient stirbt. Aber geplant war das nicht. Denn eigentlich sollte das, was man ihm verabreichte, helfen... bahnt sich da mitten in Wuppertal ein Arzneimittelskandal an? Dem mürrischen Wuppertaler Kommissar Ulbricht schwant nichts Gutes. Erst recht nicht, als in der Nähe eine Wasserleiche gefunden wird. Stehen die Fälle im Zusammenhang? Macht jemand Menschen zu Versuchskaninchen? Starker Tobak, der schnell die findigen Reporter der Wupperwelle auf den Plan ruft. Aus ihrer Recherche wird eine Ermittlung, die sich quer durchs Bergische Land und bis runter nach Koblenz zieht. Und das erfahrene Duo Heike Göbel und Stefan Seiler will mit Macht die Wahrheit herausfinden.